中公文庫

屋根裏博物館《アチック・ミューゼアム》の事件簿

澤見　彰

中央公論新社

目次

屋根裏博物館《アチック・ミューゼアム》の事件簿

第一話　儚き婚礼絵

「お荷物をお届けにあがりました」

外からの声にはじかれて、常彦《つねひこ》は跳ね起きた。拍子に、卓袱台《ちゃぶだい》の脚《あし》にしたたかに頭をぶつけ、痛みのあまりうめき声をあげる。

「いたぁ……」

昨晩は、本を読みながら畳の上で寝てしまったらしい。痛みのせいですっかり覚醒《かくせい》した常彦は、玄関脇《げんかんわき》にある管理人室から飛び出した。

「ええと、今日の荷物は、大箱が一、二、三、四つ……七つと。いや、八つですね」

「わかりました。いつもありがとうございます」

あわてて管理人室から出てきた常彦だったが、玄関では、すでほかの人間が運送屋の相手をしていた。その人物は、手渡された受領書につぎつぎと判を押していく。運送屋が引きあげると、玄関先に堆《うずたか》く積まれた大きな木箱と受領書の控《ひか》えとを照らし合わせ、数を確かめはじめた。

「あづみちゃん」

常彦は、木箱の数を確かめている人物の名を呼んだ。数の確認を中断し、名を呼ばれた人物は振り返る。

「おはようございます、林《はやし》さん。荷物、受け取っておきました」

「……それは助かったけど。また、学校サボったね、あづみちゃん」

あづみと呼ばれた人物は、お茶《ちゃ》の水《みず》女子大学附属《ふぞく》高等学校の制服を着た少女だった。白い肌に栗色の髪の毛、大きな鳶《とび》色の瞳を持つ西洋人形めいた美貌に、襟と袖口に白線があしらわれた紺サージのセーラー服が、よく似合っている。

誰《だれ》もが見惚《みと》れてしまうほどの美少女ではあるが、常彦は知っている。目の前の田中《たなか》あづみという娘が、頻繁《ひんぱん》に学校を休む常習犯だということを。

「困ったなぁ、渋沢《しぶさわ》先生からも、学校へはなるべく行くように言われているじゃないか」

「でも」

常彦の非難の声に、あづみはこともなげにこたえた。

「率直に言って時間の無駄かと。女学校で学ぶことは、あまり役立つとも思えませんし、同級生とも話が嚙《か》み合わず、世の中になにも還元できそうもありません」

それよりも、と、あづみは届いたばかりの木箱を見上げた。

「この中身を鑑定《かんてい》するほうが、よほど有意義な時間の過ごし方だと思います」

時は昭和三十四（一九五九）年。明仁《あきひと》皇太子と美智子《みちこ》様との納采《のうさい》の儀《ぎ》にはじまり、春には結婚の儀が行われた、時代華やかなりし頃である。

大戦後十数年を経て、おめでたい行事も重なり、世の中は高度経済成長のまっただなかにあった。

その象徴となっているのが、つい前年に完成した日本電波塔――いわゆる東京タワーであり、五年後に開催が決まったオリンピック招致であったろうか。

首都東京は日毎めまぐるしく姿を変え、熱に浮かされているかのごとく鳴動している。

大戦前、いや、それよりもずっとずっと以前から、長い年月にわたって築き上げられてきた習俗が、まるで忌《い》まわしいものとでも言わんばかりに、上面《うわつら》だけ極彩色《ごくさいしき》に塗《ぬ》り替えられていく。

急激な変化が、良いことなのか、否か。人々に、いかなる影響《えいきょう》をおよぼすのか。

そんな都会の喧騒《けんそう》から一歩引いたところにある、三田綱町《みたつな》。

日本常民文化研究所は、広大な渋沢敬三《けいぞう》邸の一角に建っていた。白漆喰《しろしっくい》が美しい二階建ての洋館だ。

屋敷は、日本資本主義の父とも称された実業家、渋沢栄一《えいいち》によって建てられ、明治終わりに深川《ふかがわ》から三田に移設された。当代は、栄一の孫であり、こちらもまた日本銀行総裁や大蔵大臣を歴任した政財界の重鎮《じゅうちん》中の重鎮、渋沢敬三だ。

その渋沢敬三が主宰《しゅさい》となり、私財を投じて設立した研究所は、私設とはいえ、数多くの研究員や職員を抱えており、なかには、住み込みで日夜研究や陳列品の管理などを行っている者もいる。

集ってくる学徒たちは、研究所のことを「屋根裏博物館《アチック・ミューゼアム》」とも呼ぶ。

これは渋沢敬三の来歴に由来していた。

敬三は、日本を動かす経済人ながら、若かりし頃は学者を目指していた。

いまからおよそ四十年近くも以前のこと、敬三が、経済人となる道を選びながらも学問の道も捨てがたく、邸内に新たに建てられた洋館の屋根裏部屋に、学術的好奇心を満たすべく展示室を作った。生物学や日本民俗学に傾倒《けいとう》していた敬三は、四坪たらずの小さな展示室に、自身が収集した標本や民具などを展示した。そして、この場所を拠点とし、忙《いそが》しい本業の合間を縫い、志《こころざし》を同じくする学徒とともに、研究や懇談《こんだん》にあけくれたという。

いまや博物館は洋館まるごと一棟を占領する規模となり、研究所も拡大、展示物も膨大《ぼうだい》な数になるが、原点が四坪の屋根裏部屋であることから、「屋根裏博物館」とも呼ばれるのだ。

では、屋根裏博物館で研究、展示がされている日本常民文化学――日本民俗学とは、どういったものか。

昭和三十年代、日本民俗学は、創設から半世紀ほどしか経ていない、いまだ若い学問だ。

創始者は柳田國男《やなぎたくにお》とされている。柳田は明治生まれの人物で、東京帝国大学で農政学を学び、のちに農商務省に入省、この間に『遠野《とおの》物語』を執筆。退省してから民俗学に専念することとなり、大正二（一九一三）年、日本ではじめての民俗学雑誌「郷土研究」を創刊した。当初は郷土研究や土俗学などとも呼ばれたが、これまで、ほとんどの人が注目してこなかった、「民衆の生活史」を掘り起こしたものだった。

この頃、民俗学とはすなわち柳田の思想であり、民俗学の活動をするということは、全国各地で採取した昔話や伝説、民俗伝承などを柳田に報告することであり、柳田主宰の「郷土研究」に論文が掲載《けいさい》されることだった。

その流れは、大戦を経たいまでも、あまり変わっていない。

屋根裏博物館主宰の渋沢敬三もまた、かつては柳田のもとへ民俗採集や論文を寄稿していた同志だった。

こうした活動を経るなかで敬三は、柳田の「方言周圏論《しゅうけんろん》」や「民俗語彙《ごい》」といった「コトバ」主義に対し、「モノ」から人の営みを読み取り、人間の文化や生活史を解き明かす、科学的かつ合理的手法を取りはじめた。

昨今では、柳田の名や、民俗学という言葉は広く知られるようになったが、すると、これまで採集された昔話や伝説が、柳田の思惑とはべつのところで、怪談などと混同されることが多くなってきた。いまだ若い学問はときに、オカルトだと勘違《かんちが》いされる側面もあったからだ。

敬三の手法に賛同する屋根裏博物館の学徒たちは、こうした風潮《ふうちょう》からも一線を画そうとした。

昔話や伝説、民俗伝承など形のない文化財もまた「モノ」と同様に、超自然的なものではなく、人々の営みや思いによって形作られたものであり、怪談も妖怪譚《たん》も、人の作為あってのものだと提示したのだ。

田中あづみは、そんな屋根裏博物館の研究員のひとりだ。今年で十六歳。大塚《おおつか》にあるお茶の水女子大附属高校に通いつつ、住み込みで研究や雑用を行っている。幼《おさな》い頃に事故で家族を失ったため身寄りがなく、十年前に敬三に邸宅へと連れてこられた。以後は敬三が後見人となり、暮らしを立て、学校に通い、研究をもつづけている。

博物館での主な仕事は、展示物の管理、各所から送られてくる民具や標本の鑑定や来歴の調査、研究報告会や勉強会などがある。

また、これら形あるものの調査のほかに、民俗伝承や民話の収集など、いわゆる形のない文化財の研究もあった。これらもまた、日本常民文化学のなかで重要な研究のひとつだ。形のない遺産《いさん》のなかにも、日本人を形作ってきた大事な教えが込められていることがあるからだ。

形あるものにせよ、ないものにせよ、こうしたものを吸い上げ、管理し、残していくことが、渋沢敬三のアチック・ミューゼアムの活動方針だ。研究員たちは、それに従い、ときには自分たちから全国各地を巡り、民具の収集や、民俗調査、民俗伝承の聞き取りなどを頻繁に行っていた。

あづみもまた六歳で渋沢邸に来てから、すぐに博物館に入り浸り、敬三やほかの学徒たちに仕込まれているので、展示物の管理や修復、民具の目利き、調査の方法などに精通している。

そして今日も、半月に一度くらいの頻度で各地から送られてくる、膨大な量の民具や標本の鑑定を、学校も行かずにやろうというのである。

「学校で学ぶことは役に立たないと言うけどね」

あづみのとなりで、送られてきた民具を選《え》り分けながら、林常彦はひとまわりも年下の同僚《どうりょう》に小言をこぼした。

「たしかに、この博物館での仕事には役立たないかもしれないけれど、勉学のほかに学ぶべきことはたくさんあると思うよ。同じ年ごろの子が、どんなことに興味《きょうみ》を持つのかとか、一緒に楽しむとか。そんなこと、いましかできないことだ。楽しんでおかないと後悔《こうかい》する」

林常彦は、一昨年、この屋根裏博物館にやってきた新米研究員だ。

山口県周防大島《すおうおおしま》という地方の小島出身で、島の民俗調査を個人で行っていたところを敬三に認められ、東京に招かれた。今年で二十八歳になる。郷里にはすでに妻子がおり、研究調査や論文投稿《とうこう》で得られたわずかな収入を実家に送っている、いわゆる単身赴任者だ。大学は出ていないものの、熱心な研究ぶりで、いまやすこしずつ研究者の間に名が知れ渡りはじめている。

あづみは、着実に芽を伸ばしつつある同僚を、ちらと横目で睨《にら》んだ。

「勝手に決めつけないでもらえますか」

「え？」

「同級生と話しておかないと後悔するって、どうして決めつけるんです？　同級生なんて、わたしが屋根裏博物館に所属していると知れば、オカルト研究をしているだの、妖怪を見たことがあるのかだの、そんなことばかり言ってくる。ほんとうのところをいくら説明しても理解してくれない。理解しようともしない。わたしが無知な同級生たちと過ごして時間を無駄にしているあいだにも、あなたは研究を深めて、たくさんの論文を書いて、渋沢先生にも認められていく。それなのに、どうしてわたしが、学校でのんびりしていられるっていうんです」

「……学校をサボるのは、ぼくのせいだっていうのかい？　そりゃあ、ぼくは年上だし、学校に行く年齢ではないし、研究が本分だし」

「わたしだって研究が本分です。年がまだ若く、経歴のためにもと渋沢先生が勧《すす》めてくださったから、高校に通っているだけ。最低限の出席日数さえ通えばいいんです。それ以外は、こうして研究に時間を充てたいんです」

白い頬を朱《しゅ》に染めて言いつのると、あづみは、ふたたび民具の選り分けに戻った。

美しい横顔にやや見入ってから、すぐに我に返り、常彦はため息をつく。

「わかった、思う通りにしたらいい。だけど、卒業できるくらいには、学校に行ったほうがいいよ。落第することがあれば、きみを推薦《すいせん》してくれた渋沢先生のお名前に傷がつくからね」

「言われなくても承知しています。ご心配なく、出席数は少なくとも、同級のなかで成績は上位を維持していますから」

「きみのことだから、そこらへんは抜かりないだろうね」

いったん会話が途切れ、ふたりは黙々《もくもく》と選り分け作業をつづけた。

　定期的に送られてくる民具類の中身は、ほとんどが研究対象にならないものばかりだ。最近作られた大量生産品だったり、まがいものの歴史資料だったり、贋作《がんさく》の美術品だったりする。この膨大なガラクタのなかから、研究対象になりそうなものを選り分けるのが、あづみたち研究員の大事な仕事のひとつだった。

　展示や研究対象としてふさわしいものが見つかったときには、渋沢敬三に打診し、展示方法や今後の研究方針を定めてもらう。こちらから方針を具申して、修繕費だったり研究予算を得ることもある。

　とにかく敬三は、研究のためならば私財を投じることをためらわなかった。だから、あづみたち研究員たちも、惜しみなく力を注ぐことができた。

　途中《とちゅう》からほかの研究員数人も加わって作業をつづけること数時間。送られてきた荷のうち、半分ほど選り分けたところで正午になった。

「荷物はあと四箱か。近ごろでは、屋根裏博物館の名も全国に広まってきたから、送られてくる荷物も増えたなぁ。渋沢先生の活動のたまものだ」

「しかし、ほとんどがガラクタだけどな」

「なかには貴重なものもあるさ。午後から、もうひと頑張りだな」

　いったん休憩《きゅうけい》を取るべく、各々が休憩場所へ引き取っていく。

　博物館の管理人も担《にな》っている常彦が、昼食のため管理人室に戻りかけたところ、あづみだけが、いまだ玄関先で荷物と睨みあっているのを見つけた。

「あづみちゃん」

あきれ果てて、常彦が声をかける。

「すこし休憩しよう。お昼ご飯も食べておかないと、まいってしまうよ」

ぼくの部屋でお茶とお握りくらいは出せるから、と良くも悪くも研究熱心な年下の同僚を誘《さそ》った。ところが、あづみは上の空で、五つ目の木箱からなにかを取り出すと、熱心に見入っている。

「林さん」

やっと顔を上げたあづみが、常彦を呼んだ。

「これ、見てください。すごく面白《おもしろ》そうです」

「いったいなんだい？」

やれやれ、と常彦が引き返していくと、あづみが、両手に抱えた一枚の額《がく》を差し出してきた。

「不思議な絵じゃないですか。美しいけれど……どこか、哀《かな》しい」

「これは……」

あづみに言われて渋々と従っただけだが、常彦もまた、目の前の絵を見た瞬間に、全身の肌が粟立《あわだ》つ感覚に襲われた。ときどきあることなのだ。数ある調査対象のなかで、「本物」に当たったときに、よくこうなる。そして、おそらくはあづみも同様なのだろう。絵を見つめる鳶色の瞳は見開かれ、額を握る手がかすかに震えていた。

「渋沢先生にもお伺《うかが》いを立てないと、いけないね」

「ええ、そうしましょう」

膨大な荷のなかからあづみが選び出したのは、額に入れられた、婚儀《こんぎ》の様子を描いた絵だった。

婚礼衣装に身を包んだ若い男女が、高砂《たかさご》に並んで座しており、周囲を仲人《なこうど》や親族らしい数人が囲んでいる。額の真ん中で、主役の男女があづみたちのほうをまっすぐ見返していた。ただ奇妙なのが、めでたいはずの婚儀であるのに、主役たちも、参列者たちの誰も笑顔を浮かべておらず、どこか霞《かすみ》がかったかのごとく、儚《はかな》げなことだった。

美しくも、儚く、哀しい、絵だった。


「これは、山形に住む伯母《おば》が持っていた絵なんです」

婚礼絵を、渋沢敬三のアチック・ミューゼアムに送ってきたのは、立花卓《たちばなすぐる》という二十五歳の青年だった。山形県出身で、就職《しゅうしょく》を機に東京に出てきて、いまは三河島《みかわしま》の繊維《せんい》問屋に勤めているということだ。

膨大な荷のなかから婚礼絵を発見したあづみと常彦は、その日のうちに多忙な敬三に面会を取りつけ、不思議な婚礼絵について調べてみたいと具申した。絵を見た敬三はすぐさま「やってくれたまえ」と許可を出し、立花本人にも連絡をつけてくれた。絵が送られてきてから五日後の日曜日。

この日、寄贈者である立花本人が屋根裏博物館を訪ねてきた。応接間に通された立花の前に座るのが、あづみと常彦だ。敬三からの指示で、今回の調査は、ふたりで当たることになっていた。

「立花さん、今日はわざわざご足労いただきありがとうございます。さ、まずはお茶でも召し上がってください」

時節は六月後半の初夏。戦後初のオリンピックに向け、東京都下では敗戦による荒《こう》廃《はい》を払拭《ふっしょく》しようと、各所で道路工事や公共施設の建設ラッシュが巻き起こっていた。そんな工事の粉塵《ふんじん》が舞う炎天下を歩いてきた立花に、常彦は冷たい麦茶を出し、なるべくやわらかな物腰《ものごし》で言った。相手を緊張《きんちょう》させないようにとの配慮だったのだが、となりのあづみがお構いなしに、さっそく本題に入りたがる。

「とても興味深い絵ですね。ただの婚礼絵ではない。額から出して絵の裏側を見てみましたが、『昭和二十一年寄贈』と書いてありました。どこかに寄贈してあったものを、手元に戻されたのでしょうか。それに、これはただ婚礼を祝い、新婚夫婦に贈るために描かれたものではないようにお見受けしますが、ちがいますか？」

「は、はぁ……そんなふうに興味を持っていただけて恐縮《きょうしゅく》なのですが」

つよい日差しのなかを歩いてきて、いまだ汗が引かない立花は、ハンカチで額《ひたい》を拭きつつ、恐縮しきりにこたえた。

「じつは、わたしもそれを調べていただけるのではという期待もあって、つてを頼って渋沢先生の博物館に絵を送らせてもらったのです。所有者であった伯母は昨年の末に亡くなって、遺品としてわたしのところに来たのですが、なんというか、どうにも薄気味悪くて」

普段は気をつけているのだろうが、緊張のあまり発音に訛《なま》りが出てしまっているのにも気づかず、立花は、あづみと常彦が掲げた婚礼絵を見つめながら言った。

「ここに描かれている新郎《しんろう》のほうですが、わたしに似ている気がしませんか。伯母の遺品の片づけをしていた親戚《しんせき》も、それが気になって、この絵をわたしに送ってきたのですが」

「わたしも、それを伺おうと思っていました」

あづみは、薄い鳶色の瞳で、向かいに座る立花の顔をまっすぐに見つめた。

西洋人形めいた美少女に真正面から見つめられ、立花はすこし顔を赤らめている。

「やっぱり、他人が見ても、この新郎はわたしに似てますよね」

「ええ、何も知らずに見れば、立花さんご本人を描いたものと思ってしまいますね」

たしかに、婚礼絵に描かれた新郎の顔立ちは、立花卓によく似ていた。すこし臆《おく》病《びょう》そうに垂れ下がった目じりや眉、細い鼻筋、痩《や》せ型《がた》で小柄なところなども瓜二《うりふた》つだ。

「でも、昭和二十一年以前に描かれたものですから、あなたではない。いったいどういうことでしょう」

あづみは小首をかしげて考え込む。そんな些細《ささい》な仕草ひとつが、となりと向かいに座る男ふたりの視線を釘付《くぎづ》けにしてやまない。

「ここに描かれているのは、亡くなった伯母さまの息子《むすこ》さん、ということはありませんか？　血がつながっていれば、立花さんに似ていても不思議はないかもしれません」

「それはあり得ません。伯母は結婚をしませんでした。一度もです。戦時中の混乱《こんらん》のせいもあったのか、あるいはそういう主義だったのか。なので、もちろん子どももいないのです」

「……そうでしたか」

立花の返答に、あづみもつぎの言葉が出てこない。となりに座る常彦も同様だ。

応接間のテーブルの上、麦茶が入ったグラスから、しずかに水滴が落ちる。

ハレの席のはずが物悲しい雰囲気をまとう婚礼絵。そして、絵に描かれた、立花卓にそっくりな新郎の姿。だが、描かれた昭和二十一年以前に、立花卓はまだ子どもで婚礼などしているわけもなく、ほかの親戚にも該当者《がいとうしゃ》は見当たらない。伯母も生涯《しょうがい》ひとり身を通し、子どもはいなかった。

描かれるはずのない婚礼絵。

だが、実際には描かれて伯母が大事に所有しつづけた婚礼絵。

これはいったい何を意味するのか。

立花卓の表情は硬《かた》い。

「どうして、この絵に描かれた新郎は、わたしに似ているのでしょうか。伯母はなぜこんな絵を大事に取っておいたのか。もしかして……」

「もしかして、なんです？」

「伯母は未来を予想してこんな絵を描かせたのではないでしょうか。将来、わたしの結婚がこんなふうに哀しいものになると暗示して」

「まさかそんなことは」

こたえておいて、あづみはふと気づいた。立花卓は、伯母が所有していた謎《なぞ》の婚礼絵を、「気味の悪いもの」「いわくつきのもの」はたまた「呪《のろ》わしいもの」と感じたからこそ、屋根裏博物館に送ってきたのか、と。

つまり立花卓もまた、自分たちを「オカルト研究機関」だと勘違いしているのかもしれない。すこし腹立たしい思いもあったが、謎の婚礼絵が興味を引く研究対象なのは変わりない。いまは誤解に言及しても仕方がないので、あづみは黙っていた。

「お願いします」

黙り込むあづみたちの前で、立花卓は頭を下げた。

「渋沢先生と屋根裏博物館の皆さまのお力で、絵の由来を調べてくださいませんか。じつは、わたし自身、来年の春に結婚式を挙げる予定なのですが、こんな絵が送られてきては、どうにも気味が悪くて。しかも、先日うっかりこの絵が彼女にも見つかってしまいまして。言い合いになってしまったんですよ」

「なにも知らない彼女から見たら、あなたがほかの女性と婚儀を行った絵に見えてしまいますものね」

「そうなんですよ、ほとほと困っています。まったくの誤解だ、自分ではないと言い聞かせたのですが納得してくれず。この絵の由来を調べないことには、結婚に踏み切れそうもありません」

「なるほど、そういう事情もおありなのですね。わかりました。渋沢の許しも得ておりますので、できるかぎり調べてみましょう」

ひととおり話を聞き、あづみに代わって常彦が依頼を請け負《う》う。

そのあいだにも、あづみは、婚礼絵に見入ったままだ。

「描かれるはずのない婚礼絵……か。じつに不思議です」

薄い鳶色の瞳は、描かれた絵の裏にある、隠された真実を見透かそうと見開かれたままだ。

「でも、どんな不思議にも、きっと人の思いがこめられている」

「世の中の不思議というものは、大概が人間の心の在り様に、起因するものなのだよ」

この言葉は、あづみの恩人であり恩師、渋沢敬三がよく言って聞かせてくれたものだ。

民俗伝承や民話のなかには、「不思議」や「怪異」、いわゆる人知を超えた超常現象のごとき話がある。その最たるものが「妖怪」だったり、「怪談」だったりする。だが、敬三が言うには、それらにはかならず人の作為があり、不思議も怪異も人間の業《ごう》が元となっているとされる。それが、敬三の日本常民文化学の姿勢だった。

もちろん、妖怪や怪談が悪いというわけではない。人間の仕業を発端《ほったん》とするものが、不思議や怪異として後世に残っていくのも、民俗伝承のひとつの形である。また教訓として、そうした形にして残しておくほうが効果的な側面も、もちろんあるのだ。

そんなふうに教えられてきたあづみだから、今回の依頼人、立花卓の不思議な婚礼絵にも、なにか人の生きざまや業が起因しているのではと考えた。

依頼人も「よからぬいわくつきの絵」なのではないかと、恐れている。できることならば、そんなものではないと証《あか》し立ててあげたい。なにより価値ある展示品の来歴を、屋根裏博物館の研究員として、きちんと調べてみたいと、あづみはつよく思っていた。

絵が持ち込まれてからおよそ一か月後。世間の学生たちが、そろそろ夏休みに入ろうというこの時期。あづみは、落第せぬ最低限の日数を高校に通い、前半期の終業式も待たずして長期自主休暇に突入した。

学校の休暇に入るとともに向かったのは、山形県村山地方にある戸口《とぐち》村だ。もちろん観光に行くわけではない。あづみの「本分」たる屋根裏博物館研究員としての仕事をしに行くのだ。

あづみは、ひと抱えほどある旅行鞄《かばん》を携《たずさ》え、上野《うえの》駅から急行列車に飛び乗った。同行者は林常彦だ。

北関東や東北地方への帰省客が多いのだろう、車内はほぼ満席だ。四人掛けの窓側の席に、あづみと常彦は向かい合わせに座り、熱気に満ちた列車に揺られていた。

「いよいよ、あの婚礼絵の謎がわかるかもしれないねぇ、楽しみだねぇ」

発車と同時に握り飯の弁当を広げた常彦は、まるで観光旅行の気楽さだ。あづみは

という と、差し出された握り飯を断っておいてから、柳眉《りゅうび》をかすかにひそめて言った。

「林さん、荷物はそれだけですか?」

「うん、そうだよ」

あづみが学生服に革靴姿、はちきれそうに膨らんだ革鞄という大荷物なのに対して、常彦はいつもの開襟《かいきん》シャツとスラックス姿に、腰に弁当をぶら下げてきただけである。敬三から与えられた調査費用は、スラックスのポケットにじかに突っ込んできたという無防備さだ。

握り飯三個をあっという間に平らげた常彦は、人懐《ひとなつ》こい笑みを浮かべた。

「ぼくの調査旅行はいつもこんなものさ。一緒に行くのははじめてだっけ?」

「……はい」

「これからもときどき一緒になるかもしれないから、よろしくね」

「……はい」

東京を出立してしばらく経《た》ち、車窓から見える景色は、ビルディング街から田園風景に代わりつつあった。夏の陽光のもと、田んぼ一面の緑が目にまばゆい。秋の収穫に向け、稲が一所懸命、太陽に向かって背伸びをしているかに見える。

あづみが景色に見惚れていると、向かいの常彦がふたたび声をかけてきた。

「あづみちゃんは、こうした調査旅行をいつ頃からやっているの?」

「え？」

「屋根裏博物館に住み込みはじめて、ずいぶんと経つのだろう？　いつからきみは、そんなにしっかりした子なのかな、と思って」

「はじめて調査に行ったのは八つのときです」

「八歳!?」

　想像をはるかに超えたこたえが返ってきて、常彦はおもわず高い声をあげた。周囲の乗客が、じろりとこちらを睨んでくる。首をすくめた常彦は、今度は声音をおさえて尋ねてきた。

「そんな小さなときから？」

「はい、わたしは六歳のときから渋沢先生のお世話になっていますから。その頃、先生は戦後処理の一環で公職すべてから離れていらっしゃいました」

「GHQ《総司令部》の公職追放令だね」

「その通りです」

　戦時中、不本意ながら軍部主導《しゅどう》の金融政策を支えなければならなかった敬三は、終戦とともに、GHQからすべての公職を辞するよう命じられた。もとより戦時中の役割に嫌気《いやけ》がさしていた敬三は、地位も財産も捨て去り、喜んで野に下ったのだ。以後、公職追放が解かれる昭和二十六年まで、敬三はかねてから打ち込みたかった民俗調査の旅に駆《か》けずりまわった。

この期間は、渋沢敬三という政財界の重要人物が、じつは人生で最も輝いていたときかもしれない。

敬三が調査旅行にあけくれた、およそ五年の最後の一年に、あづみはほかの研究員とともに同行した。子どもだから、もちろん調査の手伝いなどはできない。ただ敬三や研究員たちについて回っただけである。それでも、六歳のときに敬三に救われたあづみは、今後の人生を、敬三の代わりに研究と調査に捧げることを決めたのだった。

「よく覚えていないのですけど」

列車はいつの間にか水上《みなかみ》駅に到着していた。四人掛けに座っていたほかの二人の乗客が降りていくと、席にはふたりだけになる。あづみは、向かいの常彦をまっすぐ見つめながら言った。

「わたしは、六歳のときに、どこか地方の山村で先生に拾われたらしいのです。先生が調査旅行に出向いていた先でのことです。両親は亡くなったと、聞かされています。なにか事故に遭ったらしくて記憶が曖昧《あいまい》なのですが、きっとつらい出来事だったのでしょう。先生は、わたしがどこの子なのか、どういう経緯《けいい》で拾われたのかは、いまだに教えてくださいません」

「そう……だったのか、つらいことだね」

「べつにわたしは、幼い頃の話を知りたいとは思わないのです。先生がわたしを救ってくださり、こうして暮らしの心配もなく、学校にも通わせてもらい、屋根裏博物館の一員として働かせてもらっている。それだけで十分なのです。先生がいてこそ、いまのわたしがあります。だからわたしは、先生が本来成し遂げたいと思っていらっしゃった研究を、微力《びりょく》ながらお手伝いしていくだけなのです」

敬三のためにも、研究をつづける。一人前の研究員になってみせる。それだけが願いなのだと、あづみは語る。

話を聞きおえた常彦は、一度深くうなずくと、「大したものだ」と小さくつぶやいた。

「誠実なんだね、きみは」

「誠実？」

「そうさ。渋沢先生に対しても、研究に対しても」

「そんなふうに言われたのははじめてです。たいがい、調査のときに同行する方には、生意気だの、かわいげがないだのと言われますが」

あづみが生真面目《きまじめ》にこたえると、常彦は堪《た》えかねて膝《ひざ》を叩いて笑いはじめる。

「ははは、そうか。かわいげがないって？　年の割にしっかりしてるからね。ぼくも、高校をよく休むのは感心せんと思っていたけど。話を聞けば、なるほど納得だ」

「どんなふうに納得したのですか？」

「きみが誠実で真面目で、そして研究に情熱を持っているということさ」

「……」

あづみは、目の前で朗《ほが》らかに笑う年上の同僚を、じっと見つめる。相手のなにげない言葉が、ふしぎと耳に心地よかった。

「ありがとうございます」

なぜだか胸がいっぱいになって、それだけを言うのがやっとだった。

開け放たれた車窓から、夏の乾いた風が吹き込んでくる。頬が熱いのは、夕暮れの西日のせいだろうかと、ぼんやりと考えていた。


上野駅を発ってから、日付が変わった翌早朝。あづみと常彦は、山形県村山地方の袖崎《そでさき》駅に到着した。

そこから事前に頼んであった車に乗り、依頼人の立花卓から聞いていた、伯母の住所へと向かう。車に乗ってしばらくすると、駅前の賑《にぎ》やかさはなくなり、ものの数分で緑深い旧道にさしかかる。

立花卓の伯母の名は、立花ミツといった。

ミツが暮らしていた家は、最上川《もがみがわ》を間近にのぞむ山深い村にあった。最上川といえば、かの松尾芭蕉《まつおばしょう》が「五月雨《さみだれ》をあつめて早し最上川」と詠《よ》んだ豊かな流れを有した河川であり、近隣には、将棋駒《しょうぎこま》の生産地として有名な天童《てんどう》であったり、山寺《やまでら》の愛称で知られる立石寺《りっしゃくじ》といった景勝地《けいしょうち》もある。

「いいところだなぁ」

駅から一時間ほど走ってきただろうか。車を降りるなり、常彦が浮かれたような声で言った。

「近所にはいい温泉がいくつもあるというし、調査がなければ二泊くらいして観光したいところだよ」

「観光なさってきてもいいんですよ、調査なら、わたしだけでも事足りますから」

「つれない言い方だなぁ、渋沢先生は、ぼくたちふたりで調査しろとおっしゃったんだぜ」

「だったら、さっさと行きますよ」

あづみが軽口に取り合わず歩き出すので、常彦があわてて追いかけた。

聞いていたミツの家は、幹線道路から旧道に入り、山の中腹へとのぼっていく途中に建っていた。庭先に辿《たど》り着くと、地元の人間だろうか、作業着姿の男たち数人が、家財道具を抱えつつ玄関を出たり入ったりしている。

「こんにちは、精が出ますねぇ」

常彦が人懐こい笑みを浮かべながら、地元の男たちに声をかける。なんとも自然な態度だった。余所者《よそもの》を拒絶《きょぜつ》しがちな小集落の人間が、さして警戒《けいかい》の色も見せずに「やあ、どこから来なさった」と返してくる。

あづみは驚いて、おもわず横目で常彦の顔を見上げてしまった。

その視線に気づき、常彦が得意げに宣《のたま》う。

「こういうときは笑顔だよ。ぼくも地方の出だからわかるけど、きみみたいに人形みたいに突っ立っていちゃだめさ。調査対象の懐に入っていくのも、聞き取り調査のひとつの極意だね」

「わかってますよ、そんなこと」

唇《くちびる》をすこし尖《とが》らせて、あづみはこたえた。

「わたし、あなたより長く屋根裏博物館にいるんですから」

「ごめん、余計なお世話だった」

常彦は明るい笑い声をたてて、あづみの頭をかるく撫《な》でる。

「そういうの、やめてもらえます。馴《な》れ馴《な》れしい」

「悪い悪い、もうしないよ」

ちっとも反省していない様子で常彦がこたえたので、あづみはますます腹が立った。

とはいえ、常彦が地元民の輪のなかへいとも容易《たやす》く入っていくさまは、あづみも感心するしかない。聞き取り調査を行うとき、初対面の相手との垣根を取り去るのが、あづみが最も苦手としていることだからだ。はじめは警戒され、追い返されることもある。それが常彦の場合、気さくで、めいっぱいの笑顔で入って行くので、すぐに受け入れられてしまうようだ。

「笑顔……か」

あづみもまた口角をあげて無理やりに笑顔をつくってみた。だが、すぐに顔がひきつりそうになったので、ひとまず取っ掛かりは常彦にまかせるとして、自らも地元民の輪へ近づいて行った。

立花ミツが生前暮らしていた戸口村。ミツは、この集落で生まれ育ち、生涯、他所《よそ》へ出ることはなかったという。

ミツの家に出入りしていたのは、おなじ集落の男衆だった。近々ミツの家が解体されるというので、家財道具を片づけていたらしい。

休憩の合間、年嵩《としかさ》のひとりの男が、あづみと常彦にも茶をふるまい、ミツのことを話してくれる。

「ミツは、ほんとうに明るくてつよい女だった」

男が言うと、まわりの人間も深くうなずいている。

「あいつの弟や妹は、みんな東京やら山形市街やら都会へ出てしまって、ひとり暮らしだったが、集落の人間の世話をよく焼いてくれたよ。うちの孫も懐いていてな。世話になったぶん、せめて後のことは、わしらがきちんとやってやらんと」

「そうでしたか。ミツさんも、きっと喜んでいますね」

「そう思ってくれているといいな。最期《さいご》も、集落のみんなで看取《みと》ったことだし」

「なによりです」

晩年のミツの様子を聞き、常彦は安堵《あんど》の吐息をもらす。ところがつぎの瞬間、男たちが「だが」と言いにくそうに話をつづけた。

「薄情なのは遠くで暮らすミツの弟妹《きょうだい》どもだ。やつら、葬儀《そうぎ》のときだけちょっと顔を出して、金目のものだけ持ち出して、それきり二度と来やしねぇ」

「葬儀の段取りもなにもかも、おれたちが仕切ったのによ」

「あいつら、礼のひとつも言わねぇでな」

会話の雲行きがあやしくなり、常彦はいったん押し黙る。ところが、そんな場の空気に鈍感《どんかん》にも、あづみはお構いなく、

「ところで、今日、ここをお訪ねした理由なんですけど」

と切り出した。

すると場にすこし緊張が走り、常彦もまた「まだ早い」と言いたげに顔をしかめる。

だが、そこにいた若い男が、西洋人形めいたあづみの美しさに興味を持ったのか、おずおずと声をかけてきた。

「あんたがた、わざわざ東京から来たってことだったが。いったい何の用で？」

「ミツさんの甥御《おいご》さん、立花卓さんから依頼がありまして」

「卓？　卓っていやぁ、ミツさんのすぐ下の妹の息子のことかね。おれ、あいつとは小学校で同年だったんだ。中学にあがるときに、あいつの両親が離婚して母親と一緒に山形市に出てしまったけど」

　そうですか、と無感動にあづみがこたえると、若い男は肩をすくめ、それっきりなにも言わなくなってしまった。

　場の雲行きが、ますますあやしくなる。余所者への警戒が男衆のなかで広がっていきそうになったので、常彦があえて明るい声をあげて話を引き継いだ。

「そうです、そうです。卓さんです。彼はね、いま東京の繊維問屋に勤めているんですよ。気弱そうだけど、優しい青年ですね」

「へぇ、気が小さいところは変わってねぇんだな。そうだな、体も弱くてひょろっこいやつだったが、心根は優しかったな。勉強もできるほうだったし」

「あいつがガキのころさ、最上川に泳ぎに行って、流されちまって、えらい騒《さわ》ぎになったことあったな」

「あった、あった。あのときもミツがあちこち探しまわって。けっきょく、すこし流された先の中州《なかす》に自力であがっていたんだったな。ミツが迎えに行くと、わんわん泣いてな」

そうだった、そうだった、と内輪の話で盛《も》り上がるのを、あづみは輪の外でしずかに見守っていた。自分が焦《あせ》って場の雰囲気を悪くしてしまったことに、やっと気づいたのだ。

立ちすくむあづみの背中を、常彦がやさしく叩いてくる。

「まぁまぁ、あまり落ち込むことはないよ」

「……べつに落ち込んでなんかいません」

「ならいいけど」

あづみに対しても人懐こい笑みを向けると、常彦はふたたび地元の男たちの会話に自然に入っていく。その様子を見てあづみも、ここは常彦にまかせたほうがよいと、しばらくおとなしくしていることにした。

「あらためまして、ぼくは林常彦、こちらは田中あづみといいます。東京のアチック・ミューゼアム、いわゆる民俗学博物館の職員をしております」

「民俗学ってのは、よくわからねぇが。博物館の職員さんが、こんな集落に、いったいどんな用があるんだい？」

「じつは、立花卓さんに、この絵について調べてほしいと依頼されまして」

常彦が男衆に見せたのは、あづみが革鞄にしのばせてきた、例の婚礼絵だった。包んであった風呂敷の結び目をほどくと、美しくも哀しげな絵があらわれる。それを見て、先ほどの年嵩の男がすぐさま「おや？」と口にした。

「これは、ムカサリ絵馬じゃねぇか」

「ムカサリ絵馬？」

奇妙な響きのあるその言葉を、あづみも常彦も繰《く》り返《かえ》した。

「ムカサリ」とは、この地方で「婚礼」をあらわす言葉らしい。婚礼の様子を描いた絵馬であるから、ムカサリ絵馬。絵馬なので、寺社に奉納《ほうのう》する目的で描かれたものということだ。

先の戦争直前まではよく見られたが、いまは廃《すた》れつつある風習で、若者は、実際に見たのははじめてだと言う。

立花ミツが持っていたムカサリ絵馬は、絵の裏に「昭和二十一年寄贈」とあったから、戦後すぐに描かれ、奉納し、後年になり自らの手元に戻したものと思われる。

奉納先は、天童市にある、若松観音《わかまつかんのん》の呼び名で知られる若松寺《じゃくしょうじ》かもしれないと、年嵩の男が言う。

「ここらの集落の人間は、ムカサリ絵馬を描いてもらったら、だいたい若松寺に納めていた。この絵馬のことも、住職に聞いてみればなにかわかるかもしれねぇよ。しかし……」

男は、哀しげな婚礼絵を見つめながら、やはり切なそうにつぶやいた。

「ミツのやつ、いつの間にムカサリ絵馬なんて描いてもらっていたんだ。ちっとも知らなかった」

男のぼやきを聞き、いったんは口を閉ざしていたあづみが、こらえきれずに問いかけた。

「ここに描かれた新郎新婦、誰だか心当たりはありませんか？　ミツさんは結婚されていないとうかがっていましたので、ミツさん本人を描いたものではないと思うのですが」

「さぁ、誰の婚礼絵なのかは、わからねぇな」

ほかの者に聞いてみても、誰なのかはわからないという。あづみはすこし落胆《らくたん》したが、気持ちを切り替え、さらに尋ねてみた。

「では、ムカサリ絵馬とは、どんなときに奉納するものなんですか？」

「それは……」

「じつは、不思議なことがありまして。ここに描かれた新郎は、大人になったいまの卓さんにそっくりなんです。ミツさんが亡くなったあと、親戚の方から卓さんにわたったらしいのですが、あまりに自分に似ていて気味が悪くなり、この絵を調べてほしいと言ってきました」

「卓にそっくりだって？　この新郎が？」

どういうことなんだ、と男衆たちが言い合うなか、年嵩の男もまた首をひねっている。

「先にも言ったが、卓の一家はだいぶ昔に村を出て行ったからな。大人になった卓の姿は知らねぇが、そんなことがあるのか。奉納されたのは昭和二十一年なんだろう？」

昭和二十一年はいまから十三年前のことだ。

現在、二十五歳になったばかりの卓が、そのころに婚礼を挙げているはずがない。

やはりここでも、新郎の正体はわからなかった。

「この新郎新婦が誰なのかわからねぇが、ひとつだけわかっていることがある」

「なんですか？」

年嵩の男の言葉に、あづみは食い下がる。

言いにくそうにしながらも、男はこたえた。

「新郎、新婦、どちらかが、もうこの世の人間ではねぇってことだ」

「この世の人間ではない？」

「あぁ、ムカサリ絵馬ってのは、そういうものなんだ。死者のための、婚礼絵なんだ」

――死者のための婚礼絵。

あまりに強烈《きょうれつ》過ぎるその言葉が、あづみと常彦の耳を打った。

「結婚もせず、若くして死んでしまった者の魂《たましい》を慰《なぐさ》めるため、この世に心残りがないようにと、架空の結婚相手と結婚式の様子を描いて、寺に奉納する。それがムカサリ絵馬だ。ミツが、結婚しないまま若くして死んでしまった誰かのために、ムカサリ絵馬を描いてもらい、供養《くよう》のために寺に納めたのかもしれねぇ」

しかも、こんなものを描かせるのだから、ミツにとってよほど大事な人間だったのではないか。だが、この場にいる全員に、描かれた人物の心当たりはない。

「あいつは結婚もせず、子どももいなかった。いったい、これほど大事に思っていた人間とは、誰だったのだろう」

男は、切なそうに語った。

若松寺へ向かう車のなか。

後部座席の窓から豊かな最上川の流れを眺《なが》めていたあづみは、となりの常彦に問いかけた。

「どう思います、村の人たちの話」

「嘘《うそ》を言ってるわけではないと思うね」

あづみとは反対側の山の端《やまのは》を見上げていた常彦は、視線を戻して応じる。

「あの婚礼絵に描かれた人物のことは、ほんとうに知らないんじゃないのかな」

「では、依頼人の立花さんが嘘をついているのでしょうか」

「どうして嘘だと思うの？」

「だって、昭和二十一年に、立花さんの婚礼絵が描けるわけないじゃありませんか。ほんとうは最近になって描かれた絵馬で、親戚からわたってきたっていうのも嘘。わたしたち、からかわれたのかも」

「でも、きみは本物だと思ったのだろう？」

となりから身を乗り出してきた常彦に顔を覗《のぞ》き込まれ、あづみはすこし体をのけぞらせた。

「数ある寄贈品のなかから、あの絵がほんものの価値ある調査対象だと思ったから、渋沢先生に具申した」

「林さんだってそうじゃありませんか」

「そうだよ。だから、ぼくも一緒に願い出たんだ。渋沢先生もまた同じ感想を持たれた。だから、ぼくらに調査を命じられた」

だったら疑う余地はないじゃないか、と常彦は微笑を浮かべながら言う。

「渋沢先生を信じられないのかい？」

「信じています、誰よりも。ただ、あまりにも不可解で」

あづみは考え込む。

立花卓や戸口村の人々が嘘をついているのではないとして、立花ミツは、なぜあんなものを描かせたのか。誰のことを描いてもらったのか。死者のための婚礼だというムカサリ絵馬を、だ。まさか十三年前に、将来の立花卓の姿を想像して描かせたとでも言うのだろうか。本人が気味悪がっていたように、卓にとって不吉な将来を予見していたとでもいうのか。

民俗学すなわちオカルトであるという印象を払拭したいあづみだったが、考えに行き詰まってしまう。

「死者の婚礼絵だなんて、まるで……立花さんが生きて結婚式を迎えられないと、予見しているみたい」

「もし、そうだとしたら？」

「予見なんて信じたくありません。わたし、世の中の不思議の多くは、人間の業が為《な》すものだと思っていますから」

「ぼくも同意見だよ」

だから、若松寺へ向かっているんじゃないか。と、常彦はうなずいている。

「ミツさんのムカサリ絵馬の秘密、きっとなにかあるはずだ。もっと調べてみよう」

「そうですね」

やがて車は、天童市にある若松寺に辿り着いた。

「たしかにこちらは、戸口村の立花ミツさんが奉納されたものでございますね。三年前、お手元に戻されたので、よく覚えております」

最上三十三観音札所のひとつ、若松寺の住職は、あづみたちが差し出したムカサリ絵馬を見つめながら言った。

あづみは念には念を入れる。

「ほんとうに、ミツさんが奉納されたもので間違《まちが》いないのですね？」

「はい。出納帳《すいとうちょう》がございますから、確かめてまいりましょうか」

「お願いします」

「出納帳は観音堂にございます」

ついでになかをご覧になりますか、と住職が勧めてくれるので、あづみも常彦も断る理由はなかった。屋根裏博物館の研究員として、これほど興味をそそられるものはない。

本堂である観音堂のなかには、壁といい柱といい欄間《らんま》といい、各所に大小のムカサリ絵馬が何枚も重なるように飾られている。夫婦ふたりだけの姿を描いたものもあれば、参列者も一緒に描かれた大人数のものもある。時代の移り変わりとともに、婚礼衣装や構図、絵の具の色合いなども異なって、鑑賞物としても見ごたえがあった。ただし、単なる絵画ではなく、死者のための婚礼絵というだけあり、いずれの夫婦も笑顔に霞がかかり、どこか物悲しい雰囲気をまとっている。

「圧巻ですね」

お堂一面に飾られたムカサリ絵馬を見わたしながら、あづみは感嘆《かんたん》のため息をもらした。

「こんな不思議な習俗が、いまだに残っているだなんて。すばらしい」

「いつ頃からはじまった風習であるのか、定かではないのですが」

住職もまた絵馬を眺めながら言った。

「古いものですと、江戸時代の文化・文政の頃に描かれたものが残っております。いまはだいぶ奉納の数も減っておりますが、戦後しばらくは、かなりの数が持ち込まれたと、先代の住職より伝え聞きました。戦前あたりから、奉納された絵馬が本堂に納まりきらなくなってきたので、最近のものは、数年に一度、古い絵馬から順に、小正月のオサイドという行事で、お焚《た》き上《あ》げをしているのですが」

絵馬を奉納してから十年目が過ぎた、昭和三十一年――いまから三年前に、ミツが納めた絵馬も、お焚き上げの対象となったという。

「お焚き上げをする際、連絡がつく場合に限り、奉納された方に了承を得ることにしております。立花ミツさんにも、三年前、こちらから連絡を差し上げました。お焚き上げをしてよいかどうか」

「そこでミツさんは、お焚き上げではなく、絵馬を引き取ることになさったんですね？」

常彦が尋ねると、住職は深くうなずいた。

「おっしゃる通り。立花さんは絵馬を引き取りたいとおっしゃいましたので、わたしがご自宅までお届けにあがりました。十年ぶりに絵馬と再会し、とても喜んでいらしたのを、よく覚えています」

「そうでしたか」

やはり、あづみの持っているムカサリ絵馬は、ミツ本人が奉納したものに間違いない。立花卓が嘘をついていたわけではないのだ。

そうなると、やはり不可解なのが、なぜ描かれた新郎が卓に似ているのか。いったいこれは誰なのか、ということに戻るのだが。

あづみは、これまでの流れを反芻《はんすう》する。

「ミツさんが十三年前にムカサリ絵馬を奉納し、引き取ったのが三年前。お焚き上げを断ったくらいだから、よほど思い入れのある絵馬だったはず。ミツさんはこの絵を手元に置いて晩年を過ごし、昨年末に亡くなった。遠くに住んでいる親戚たちが、ミツさんの身辺のものを整理して、価値がありそうだと思って絵を持ち帰り、それがどういうわけか、卓さんのもとにわたった……というわけね」

「あとは、絵馬に描かれた人物が誰なのか、若松寺の出納帳に記されているかどうかだけど」

もし記載《きさい》がなかったとしたら、調査は振り出しに戻ってしまうわけだが。

あづみと常彦が見守るなか、若松寺の住職は、備え付けの棚《たな》から出納帳を取り出し、過去の記録を遡《さかのぼ》っている。しばらくして、「あっ」と嬉《うれ》しそうに顔をあげた。

「ございましたよ」

「書かれていましたか？　この絵馬のことが」

「はい、昭和二十一年の記録にありました。奉納者は立花ミツさん。ここに描かれた故人は、新郎さんのほうですね。新婦として描かれているのは架空の人物でしょう。ムカサリ絵馬は、そういうものですから。ええと、新郎の名は、立花悟《さとる》さん。没年は昭和二十年、享年《きょうねん》は二十五歳と書いてあります」

「立花……」

「『悟』、さん」

あづみと常彦はおもわず手を取り合い、新たな発見の興奮を分かち合った。

だが――と、興奮はすぐにしぼんでいく。

「描かれた人物の名はわかったけど」

「『悟』さんというのは、いったいどこの誰なのだろう」

山形での調査は、ここで完全に行き詰まってしまった。


現地滞在一日、列車内で二泊の調査旅行は、真相まで手が届きそうで届かず、徒労感をひきずったまま終了した。

若松寺へ行ったあと、ふたたび戸口村に戻り、村の人たちに、

「立花悟という人物を知らないか」

と問い合わせたが、わかる者は誰もいなかった。

「ミツにはひとり弟がいたが、悟っていう名前ではなかったはずだがなぁ。弟妹の子どものなかになら、もしかしているかもだが、それはおれたちにはわからねぇ。この村に一時期でも住んでいたミツの甥っ子は卓だけだから」

「そうですか、わかりました。何度もお騒がせして申し訳ありませんでした」

ミツの弟妹の子どものことを調べるには、いったん東京へ戻らなければならない。

往路と同じくほぼ一日をかけて東京に戻ったあづみたちは、ひと晩ゆっくり休息したのち、ふたたび立花卓と連絡を取った。

卓と再会できたのは、連絡を入れてから一週間後、卓がやっと会社から休みをもらえたときである。

「伯母の家まで、調査に行ってくださったそうで。ありがとうございます」

季節はだいぶ進み、夏真っ盛りだ。

卓の下宿がある日暮里《にっぽり》駅前の喫茶店《きっさてん》で待ち合わせていると、約束の時間からすこしだけ遅れ、額に汗を浮かべて、相変わらず気弱そうな表情で卓があらわれた。

まずは、あの哀しげな婚礼絵に描かれていたのが自分ではないとわかって、かすかな安堵の吐息をもらしたあと、おずおずと言葉をつづける。

「ムカサリ絵馬というのですか、死者の婚礼絵を奉納するなんて、不思議な風習があるものですね。よくわかりました。ところで……ほんとうは調査料などをお支払いすべきなのかもしれませんが……」

卓の表情が優れなかったのは、どうやらそこらへんにあるらしい。結婚が近いいま、一円でも出資は控えたいところだろう。

それがわかるから、常彦はあえて明るくこたえた。

「いえいえ、最初にこの絵を調査したいと申し出たのは、ぼくらのほうですから。主宰の渋沢からも、すべてこちら持ちで調査をするよう言われています。立花さんには調査に協力していただいているのですから、申し訳ないくらいです」

「そう言っていただけると助かります」

胸を撫でおろして、卓はやっと笑顔を浮かべた。

「わたしとしても、あの絵の由来がわかり、心配ごとなく結婚することができれば、とてもありがたいんです」

「ええ、お気持ちはわかります。じつはぼくも郷里《きょうり》に妻子を残していましてね。妻に、あまり心配はかけたくないですよね」

卓の気持ちをやわらげるためと、さまざまな話を聞き出すために、常彦もまた自分の家族の話などをはじめる。すると男ふたりで、あれやこれやと妻や婚約者の話で盛り上がり、かたわらで聞いているあづみとしては、ふたりの会話に入るきっかけがつかめず、ただ黙っているしかなかった。こと家族の話題になると、天涯孤独の身の上で、なにも話すことがないからだ。これまで、そういうことがあっても寂しいと思ったことなどなかったが、いまは、なぜか胸がしめつけられた。

やがて卓が新妻となる女性のことをこと細かに語りはじめたので、己《おのれ》の感情を持て余していたあづみは、つい刺々《とげとげ》しい口調で横やりを入れてしまった。

「あの、あまり時間もありませんので、そろそろ本題に」

「そうでした。失礼しました」

すぐに緊張した表情に戻った卓は、コーヒーにのばしかけた手を止め、ソファの上でかしこまってしまった。それを見てあづみは「またやってしまった」と後悔したが、言い訳もできないので、すぐに本題に入る。

「先週、わたしと林さんとで、伯母さまのお宅がある戸口村まで行ってきました。立花さんも、幼少の頃、あちらに住んでいらしたのですね」

「はい、そうです。たしか……十歳やそこらまでだったと思います。あとは山形市で中学高校と通い、その後就職のため東京に出てきました」

「ミツさんに、とてもかわいがられていたとか」

「はい、うっすらとしか覚えていませんが、とても面倒見《めんどうみ》のいい伯母だったと思います。ただ人の家のことにいろいろ口を出すもので、うちの母は、あまり良く思っていなかったらしいですが」

「立花さんのお母さまは、ミツさんの妹、ということですね」

「伯母が長女で、母はすぐ下の妹です。年が近いせいか、意見がぶつかることもあったのでしょう。でも、自分にとっては、優しい伯母だったという記憶しかなくて。あぁそうだ。昔、近所の川で流されて死にかけたことがあったのですが、そのときも、一所懸命探してくれたんですよ」

幼い頃、卓が最上川にのみ込まれて溺《おぼ》れたできごとは、戸口村の人たちもよく覚えていた話だ。あづみがそのことを告げると、卓は肩をすくめる。

「あれ以来、水が恐くなってしまい、いまでも川や海は苦手です。あぁ……でも、あのときだったかもしれませんね。伯母と母がとうとう喧嘩《けんか》別れをして、両親も離婚をしてしまい、母親と戸口村を出ていくことになったのは」

卓は、眠っていた記憶を、ひとつひとつ掘り起こしながら語る。

「わたしが川で溺れたのは、どうも川遊びに連れて行った母が目を離したせいらしく、それがわかると大喧嘩をはじめましてね。伯母が母に、自分の子どもひとりすら守れないのかと怒っていた。その怒り様が尋常《じんじょう》ではなかった。いつも優しかった人だけに、よけいに恐ろしかった」

「ミツさんが怒っているところを見たのは、それがはじめてだったわけですね？」

「ええ、そうです。よくわからないことを、怒鳴《どな》り散らしていましたね。『お前は、兄弟だけではなく、息子も守れないのか』と、そんなことを言っていたような」

「兄弟だけではなく……とは、どういうことでしょう」

わかりません、と卓はかぶりを振るばかりだ。

「いまとなってはなんとも。伯母も興奮していたので、よくわからないことを口走ったのかもしれませんが。伯母と母には、あと弟と妹がひとりずつおりますが、母よりも先に、ふたりとも村を出てから、それぞれ山形市や東京に住んでいます。ともに存命です。母は同じ村の出身である父親と結婚したので残っていましたが、父とは、だいぶ前から関係がうまくいっておらず、わたしが川で溺れたできごとがあって、父とも伯母とも縁《えん》を切ることに決めて、わたしを連れて山形市へ出て行ったようです」

「ミツさんは、ほかのふたりの弟妹とも、あまり仲が良くなかったということでしょうか？」

「おそらくは」

「だから、立花さんも、ミツさんの葬儀のときに参列されなかったのですね。いえ、お母さまの手前、できなかった、と」

あづみが追及すると、痛いところを突かれたのか、立花はすこし言いよどむ。

「はい、仕方がなかったんです。伯母が亡くなったと聞いたときも、母から葬儀には出なくてよいと言われて。母は、できることなら自分も戸口村になど帰りたくないと言っていました。葬儀だけに参列して、日帰りですぐに戻ってきましたね」

「すみません、立花さんを責めているわけではないのです。村の人の話では、ほかの御弟妹もお葬式だけ参列して、あとのことは村の人たちにまかせきりだと聞いたものので。ミツさんのほうも、親戚づきあいがあまり得手ではなかったのかもしれません」

「そうかもしれませんね。だから、母やほかの弟妹が出て行ってしまったあとも、伯母だけが、あの村に残ったのでしょう」

「なるほど、ミツさんと御弟妹が離れ離れになってしまった経緯は、よくわかりました」

栗色の髪の毛先を指先でもてあそびながら、あづみはしばし考え込む。

考えながら、ふと、あることに気づいてあらためて問いかけた。

「これはわたしの勝手な憶測なのですが」

「はい？」

「ミツさんが、立花さんのお母さまやほかの弟妹と折り合いが悪くなったのは、ただ口うるさかっただけではなく、『立花悟』さん、という人がかかわっているのではないでしょうか」

いきなり出てきた人物の名を、卓は戸惑《とまど》いぎみに聞いている。

「誰のことだろう」

「立花さんが戸口村で過ごされていたとき、『立花悟』さんというお名前の方と、会ったことはありませんか？」

「立花……悟」

さとる、さとる、と繰り返し唱え、しばらく考えていたが、卓は首を左右に振った。

「さて、すぐには、思い出せませんね」

「あなたの従兄弟《いとこ》に、悟さんという方は？」

「いないです。わたしの従姉妹《いとこ》は、すべて女の子なんですよ」

「……なるほど」

　またも行き詰まってしまったか、と、あづみが落胆している前で、卓のほうが「悟」という名前に引っ掛かるものがあるのか、額をかるく拳《こぶし》で叩いて、なにかを思い出そうとしている。

「その悟という人、もしかして、わたしに似ているあの絵の？」

「はい、あのムカサリ絵馬に描かれていた、新郎のお名前であることがわかりました」

「そういうことですよね。自分にそっくりで、立花というからには、わたしたちの親戚ということが考えられる」

　すこしお時間をいただけませんか、と卓が自ら申し出た。

「うちの母親や、母のほかの弟妹にも聞いてみたいのです。その悟という人のことを。もしかしたら、なにか知っているかもしれません」

　そして、立花悟という人物のことがわかれば、あのとき——卓が最上川で溺れたあと、ミツと卓の母が大喧嘩をした理由にも行きつくかもしれない。

「ひょっとしたら……」

口にしかけ、憶測でものを言うべきではないと、あづみは黙り込んだ。

あづみと常彦が日暮里駅前の喫茶店を出たときは、すでに日は傾いていた。夕暮れのなかを肩を並べて歩いていく。ふたりとも無言だ。蟬《せみ》の声が、やけに物悲しく聞こえてくる。駅舎の手前に着くと、常彦が、気晴らしにすこし歩かないかと言い出した。

「構いませんけど」

日も陰り、涼しい風が吹きはじめたので、あづみも拒む理由はなかった。ふたたび無言で歩きはじめる。歩くうちに、となりで常彦がぶつぶつと何かをつぶやいているのが聞こえ、この青年は、ひとりごとを言いながら考えをまとめる癖《くせ》があるのだとわかった。

しばらくそうしていた常彦が、ふいにあづみに話しかけてきた。

「ねえ、ミツさんの妹や弟さんたちは、どうしてあの絵を卓さんに渡したのだろうね」

「はい？」

「ミツさんの弟妹たちは、葬儀に出たあと、価値のありそうな遺産だけを持ち出して、帰っていった。戸口村の人たちはそう話していたよね。ムカサリ絵馬も価値のありそうなものだと見込んだのかもしれないけど、いくつかある遺産のなかから、なぜ、よりによって、あの絵を卓さんに渡したのか。いや、いくらあの絵が死者の婚礼絵なのだと知らなかったとしても、結婚を間近に控えている卓さんに、渡すようなものではないと思うんだよね。きれいな絵だけど、どこか物悲しいし。それに、これから妻になる人から見たら、新郎そっくりの人物の横にべつの女性が描かれているわけだろう。あんなものを見せられて面白いわけがない」

「まぁ、それは、そういうものなんでしょうね」

「そういうものなの」

常彦は苦笑しながら言う。ひと呼吸置いて、いつぞやと同じように、頭をやさしく撫でてくる。

「あのさ、さっきから、なにがきみを不機嫌にさせているのかな」

あづみは常彦の手を振り払い、「べつに不機嫌じゃありません」と、むきになってこたえた。常彦の態度が、自分を子ども扱いしている気がして、我慢《がまん》がならなかった。おそらく常彦は、郷里に残している子どもに対しても、いまのように頭をやさしく撫でてやるのだろう。想像すると、なぜかひどく気分がささくれだった。

「わたしはいつだってこんな態度ですよ」

「ほんとうに？」

「ほんとうですとも」

その後、ふたりの間にはしばらく沈黙《ちんもく》が落ちた。

黙って歩きながら、あづみは内心思っていた。

「不機嫌ではない」というのは嘘だ。自分はきっと不快《ふかい》だったのだ。なにが気に障《さわ》ったのか。それは、常彦と立花が、妻や子や婚約者のことを楽しげに話すのを聞いたからではないか。自分が望んでも得られないものを持っているふたりが、ひどく羨《うらや》ましく、妬《ねた》ましかったからではないのか。

自分にそんな感情があったことが、あづみ自身、驚きだったが。

これまで、自分に親がいないこと、家族がいないことは、当たり前のことであり日常のことだった。いまさら傷つきはしないのだと、信じていた。なのに常彦といると、心が揺れ動くのはなぜだろう。胸がしめつけられ、切なくなるのは、なぜだろうか。

心の揺れのわけを深く考えるのがいやで、あづみは自ら沈黙をやぶり、話を元に戻した。

「わたしのことはいいとして、さっきの話のつづきですけど」

「うん？」

「わたしも同感です。卓さんが近々結婚するというこの時期に、あの絵が、卓さんの手元に渡ったというのには、なにか作為がある気がしてならない」

「世の中の不思議や怪異の多くが、人の作為であるのと同じように？」

「そうです。つまるところ、今回の調査対象であるムカサリ絵馬が描かれたきっかけや、すべての事象の根っこには、ひとつの思惑が絡んでいる」

昭和二十一年に、立花ミツがムカサリ絵馬を奉納したことも。

弟妹たちとかかわりを絶ってしまったことも。

三年前に絵馬を引き取り、晩年まで手元に置いていたことも。

その絵馬が、ミツの死後、ミツの弟妹たちによって立花卓の手にわたったことも。

そして——絵馬に描かれた「立花悟」という人物が忘れ去られたことも。

すべてが、誰かの、たったひとつの思惑によって為されたものだとしたら。

あづみは、ぽつりとつぶやいた。

「不思議なことって、あるものですね」

でも、と大きな瞳のなかに灰色と橙《だいだい》色が半々になった夕焼け空を映し出す。

「世の中の不思議のほとんどは、人間の業が為すものですから」

「その通りだ」

「すべては、立花さんに、ムカサリ絵馬を手渡した人物が描いた絵図なのだと思います」

ことの真相がわかってきたかもしれない、と、あづみと常彦は視線を交わし合った。

すこしばかり真相がわかってきて、このまま順調に進むかと思いきや、数日後に調査は行き詰まってしまった。

しばらく立花卓との連絡が途絶えてしまったのだ。屋根裏博物館の調査力をもってしても、立花卓の家庭事情まで探ることはできない。立花悟の婚礼絵を、結婚を控えた卓に手渡すことを決めたのは誰なのか。それがわからなければ、調査を進めることはできなかった。

虚《むな》しく日ばかりが過ぎ、あづみの夏休みがそろそろ終わろうとしていた晩夏のこと。このまま進展がなければ、ムカサリ絵馬の展示も先送りにせざるをえないか、と諦めかけていたときだった。

「ごめんください」

屋根裏博物館の管理人室の戸が、はげしく叩かれた。

この日、あづみは常彦に代わり管理人室に詰めていた。常彦が、一週間ほど郷里の周防大島に帰っていたからだ。

あづみは、管理人室にこもり、夏休み中の課題をいっきに片づける魂胆《こんたん》だったが、おもわぬ客があらわれたので、それどころではなくなった。

「立花さん、いらっしゃいませ。今日はお仕事では？」

「仕事どころではありません、聞いていただきたいことがあり急ぎ立ち寄りました」

日ごろ気弱そうな卓が、珍しく興奮している。怒りと苛立《いらだ》ちを含んだ声で、全身が震えていた。なにごとかと様子をうかがうと、立花卓の背後にひとりの女性が控えているのがわかった。一見地味ではあるが、気立てのよさそうなかわいらしい娘だった。その娘が、心配そうに卓のことを見つめている。

「立花さん、そちらは？」

「わたしの婚約者です。美津子《みつこ》といいます。わたしは、美津子と駆け落ちするつもりです。家族からの祝いなどいりません。あんな母親や親戚たちとは縁を切ります」

「……………」

なにがあったのか。興奮ぎみの立花と、狼狽《うろた》えるばかりの婚約者を交互に見つめたあづみは、

「こんなときに限って林さんがいないなんて」

と内心思いながら、ため息をついた。

人との対応は、常彦のほうが向いているのだ。先日の調査旅行で、それがよくわかっていた。だが、いまは尻込みしている場合ではない。依頼人の立花の様子を見て、ムカサリ絵馬の調査に進展がありそうな予感がしたからだ。

立花と婚約者を博物館の奥にある応接間へ通してから、あづみは二人分の麦茶のグ

ラスを持ち、自らも応接間のソファに座った。

差し出された麦茶をいっきに流し込んだ立花は、ひと息ついたのち、乞《こ》われるまでもなく話をはじめた。

「聞いてください、あづみさん。あれからわたしは、悟という人のことを母や親戚に尋ねてみたのです。ついでに、あの絵馬が、なぜわたしのもとに来たのかも」

立花が「あづみさん」と呼ぶと、となりに座っていた美津子が、ちらりとあづみの顔をうかがい見る。美津子としては、自分の婚約者が、西洋人形めいた美貌の少女と親しげなのが、すこし気になるのだろう。

あづみはそうした同性の態度に、いつも萎縮《いしゅく》してしまう。女子校に通っているときと同じ息苦しさをおぼえるのだ。

だが、立花から発せられたつぎの言葉が、あづみに緊張を忘れさせた。

「わたしにムカサリ絵馬を渡すように親戚に言ったのは、わたしの母だったそうです。山形市に住んでいる叔父《おじ》から聞き出しました。そして、母にそのことをしつこく問いただしたら、やっと認めましたよ」

「立花さんのお母さまが、あなたに絵馬を？」

どうして実の母親が、結婚を控えた息子を気味悪がらせるような真似《まね》をするのか。

はじめ首をかしげたあづみだったが、すぐにあることに気づき、自分から美津子に目を向けた。

「あっ……」

もしかして、とあづみはかすれた声を上げる。

「お母さまは、立花さんと美津子さんの結婚を、やめさせるために?」

「その通りなんです。とんでもない話です!」

悔しげに舌打ちした立花は、頭を抱えて黙り込んでしまった。そのかたわらで、美津子が興奮した立花の背中をさすっている。立花は婚約者に礼を言うと、すこしだけ語気を弱め、あらためて話をつづけた。

「母ははじめから結婚話に乗り気ではありませんでした。じつは美津子は同郷なんです。戸口村での幼なじみなんです。同じ頃に東京に出てきて、慣れぬ土地で一緒に苦労をしてきました。いつかは戸口村へ戻って居を構えたいと思っていますが、母は、それが気に入らなかったのでしょう」

そこまで話を聞き、あづみは呆気《あっけ》にとられてしまった。

「お母さまは、ミツさんや郷里と縁を切りたくて、立花さんの結婚にまで手をまわしてきたということですか」

「そういうことなのでしょう。あんな絵を使って、わたしと美津子を別れさせようという母です。なにか後ろめたいことがあるに違いない。葬儀のときも、都合の悪いことを知られたくなくて、わたしを参列させなかったのかも。それで、ことのついでに聞きましたよ。ムカサリ絵馬に描かれていた、『悟』とは誰なのかを」

いよいよ核心に迫ってきた。あづみは息をのむ。

「誰だったのですか？」

「ミツ伯母さんの一番下の弟でした」

「ミツさんの、弟……さん」

「つまりは、わたしのもうひとりの叔父であり、わたしの母の弟でもあるわけですが。ほかの弟妹たちとは、ずいぶんと年の離れた末っ子だったそうです」

「そうだったのですか。ではなぜ、悟さんのことを戸口村の人たちは、誰も知らなかったのでしょう」

「悟は、一歳か二歳で他家へ養子に出されたそうです。そのため村の年寄りたちも、うろ覚えだったのかもしれない。養子先は、母の遠縁の家らしいのですが、それくらいしかわからない程度の家だったわけです。兄弟たちのなかで、ミツ伯母さんだけが、末の弟を、そんな得体のしれない家にやることに最後まで反対していたと」

「なるほど」

あづみのごとく家族に縁のない少女にも、想像ができた。

ミツは、末の弟をいとも簡単《かんたん》に養子に出すことを認めた弟妹たちを許すことができなかったのではないか。ゆえに、山形市や東京へ出て行った親戚との交際を絶ったのではないか。

そして、ずっと気にかけてきた末の弟が、戦争が終わる間際で帰らぬ人となったことを知り、弟の一生を嘆《なげ》き、弟の魂を慰めるため、ムカサリ絵馬を描いてもらい、奉納したのではないか——と。

*

立花家の兄弟、長女のミツ、次女、長男、三女——は戸口村の農家に生まれ育った。そんな兄弟に年の離れた弟が生まれたのは、長女のミツが十八のときだ。

だが、兄弟たちの両親は、悟が生まれて少しの間にあいついで病で身罷《みまか》った。末っ子の悟がいまだ乳離れできぬうちに。以降、悟を育てたのはミツも同然だった。家事をするときも、農作業をするときも、いつも悟を背負《せお》っていた。

そんな悟に養子縁組の話が持ち上がったのは、悟が二歳にもなっていないときだ。亡くなった母親の従兄だという、ミツたちにとっては他人同然の遠い親戚の家から出た話だった。その家には跡取りの男子がおらず、親戚中をあたって男子を探しまわっていたという。この時代、男子相続しか認めない風習は、いまだ根強く残っていた。

「お前のところは長男がいるから、二番目の男の子をくれてもいいでねぇか」

遠縁の家から遣わされた仲介人が、ミツに迫った。

しかしミツとしては、名もほとんど知らない、どんな人たちなのかも知らない、そんな家にかわいい末の弟を差し出すのは気が進まなかった。両親が亡くなってからつきっきりで育ててきたのだ。もはや我が子も同然だった。

「お断りしてくれませんか。悟はまだ二歳にもならないし、母親の乳《ちち》もろくに飲めなかったから体も弱い。そんな子が知らない家にやられて、どんなふうに扱われるかもわからないし、あんまりにもかわいそうだ」

「小さいときのほうが、むしろ後腐《あとくさ》れがなくていいんでないのかい。もうすこし育ってしまえば、里心がついてかえってかわいそうだ。それに、先様だってタダで悟を寄越せと言っているわけじゃねぇのだ。きちんと謝礼は出すと言っている。あんたら兄弟だって、両親が亡くなって暮らしも苦しいだろうし、この先いろいろ入り用だろう。長男は家を継ぐとして、お前の嫁ぎ先も探さねばだし、次女だって三女だって嫁に出さなきゃならねぇ」

「あたしはもう嫁に行くのは諦めたし、下の子たちの嫁支度《じたく》はなんとかします。それと悟とのことはまた別の話で……」

「あんたはいいとしても、妹たちは、粗末《そまつ》な嫁支度で満足するのかね」

「……………」

ミツはこたえに窮した。

自らの粗末な身なりを見つめる。着たきりの野良着《のらぎ》は、日々の畑仕事で泥だらけ、ほつれ放題だ。毎日畑に出て、耕《たがや》しても耕しても、弟や妹たちを満足に食べさせられる稼《かせ》ぎは得られない。それでも、弟妹たちを学校に通わせてやりたいがため、自らの身の回りのものを切り詰めてきた。お金がほしいかと問われれば、喉《のど》から手が出るほどほしかった。しかし、だからといって、我が子同然のかわいい弟を差し出すことはできないと思った。

「ほかの弟や妹も、反対するはずです」

「そうかな、お互いにとっていい話じゃねぇのか。悟だって、この家で貧乏して暮らすよりは幸せだと思うがね」

「ひとまず弟妹とも話し合ってみますから、今日はお引き取りを」

「わかった。いい返事を待っているよ」

仲介人がいったん引き上げてから、数日後のことだ。

悟が家から消えていたのは。

この日は、ミツが、隣村で開かれる市へ収穫物を持っていく日だった。いつもならば悟を背負っていくのだが、この日にかぎって荷が多く、家に残しておくことにした。エジコという藁《わら》で編んだ籠に悟を入れて、「半日で帰ってくるからな」と言い置き、村を出た。市に出した収穫物はすべて売りさばくことができ、しばらくぶりの贅沢《ぜいたく》ができると意気揚々《ようよう》と帰ったのだが、ミツの気持ちはたちまちどん底に突き落とされる。居間の片隅《かたすみ》に置いてあったエジコのなかに、悟の姿がなかったのだ。

「悟?」

ミツは、家の隅々まで、物置から押し入れ、雪隠《せっちん》のなかまで悟の姿を探した。ついで畑へ出て探しまわり、山をのぼり、川のなかまでさらった。

しかし悟は見つからなかった。

放心してミツが家へ帰ろうとすると、すれ違った村人が、川に入ってずぶ濡《ぬ》れになったミツの姿を見て、驚いた声をあげた。

「どうしたんだぁ、ミツ。そんな恰好《かっこう》で」

「……………」

ミツは、返事をする気力もなく村人とすれ違う。

村人はいぶかしげに首をかしげつつ、そんなミツをやりすごしたが、その村人はあることを思い出し、もう一度声をかけてくる。

「あぁそういや、今日の昼頃、お前の家に見知らぬ男が入っていくのを見かけたぞ。お前が村の者ではなかったから、誰だろうと思ったんだが、すぐに帰っていったな。お前が留守にしていたから出直すつもりなのかもな」

なにげない言葉が、ミツを突き動かした。

「あいつだ！」

ミツは村人に返事をする間もなく走り出していた。

あいつ——悟に養子の話を持ちかけてきた仲介人が、また来たのだと、ミツは思った。

そして、なぜ仲介人は今日やってきたのか。

ミツが留守にすることを知っていたからではないのか。

なぜ知っていたかというと、弟妹たちが教えたのではないか。

恐ろしい考えが、ミツのなかを駆け巡る。

「お前たち！」

土足のまま家にあがったミツは、学校から帰り、居間でくつろいでいた弟妹たちを呼んだ。

四つ下の弟、それぞれ三つ五つ違いの妹たちが、ひややかな目でミツのことを見返してくる。

「ねえちゃん、お帰り」

すぐ下の妹が、しらじらしく声をかけてくる。

「どうしたの、そんなびしょ濡れで。なにか探しもの？」

「お前たち、悟をあいつに渡したな？」

「悟は養子に行ったほうが幸せだよ」

うわべだけの笑みを消した次女が立ち上がり、ミツの前に立つと、挑《いど》みかかるようなまなざしを向けてきた。

「わたしが男の子だったら、わたしが養子に行きたいくらいだわ。こんな貧乏な家、しがみついていたって仕方ない」

「人を売るような真似をして、恥《は》ずかしくないのか、お前たち」

「恥ずかしいのはねぇちゃんだよ」

次女の辛辣《しんらつ》な言葉が、ミツに突き刺さる。

「いつも汚《きたな》い恰好して、いい年しておしゃれもしないで、弟と妹たちのためならば自分は嫁に行かないって？　なにを言っているの、そんなことをされて、あたしらが喜ぶとでも？　ねぇちゃんが精一杯頑張ったところで、しょせんは雀《すずめ》の涙《なみだ》の稼ぎしかないじゃないか。あたしら弟妹を養うなんて無理なんだよ。学校へ行かせてもらったって、あたしらが貧乏人だって笑われるのは変わりないんだよ。他人の助けを借りて、もっと賢く生きる術《すべ》があるんじゃないの？　ねぇちゃんだって、そんな苦労しなくたってすむんじゃないの？」

「だからって悟を売っていいことにはならねぇ！」

ミツは叫んでいた。

「ねぇちゃんのことが恥ずかしいってなら、それは構わねえ。お前らが、その他人とやらの助けを借りて生きていくってんなら、ねぇちゃんのことはほうっておいて、そうすればいい。だけど、偉《えら》そうに言っているお前がやったことは、弟を人買いに売っ たってことだからな。それを忘れるな！」

いかなる理由があろうとも、悟という血を分けた弟を売りとばした弟妹たちを、ミツは到底《とうてい》許すことができなかった。

いつもはおだやかで、弟妹たちをかわいがり、一度だって我《が》を通したことのなかった姉がここまで声を荒らげるのははじめてであり、弟妹たちはおもわず怯《ひる》み、しばらく言葉も出ない。

次女が、やっとかすれた声を出した。

「そんな……人買いだなんて、大げさな。ただ養子にやっただけじゃないか」

「黙れっ、あたしがお前らを学校に通わせたのは、そんな言い訳をおぼえさせるためじゃねぇ。お前が言っている屁理屈《へりくつ》は、弟を売った罪悪感から逃れたい、ただの言い訳だ！」

ついに次女も、ほかの弟妹たちもなにも言えなくなってしまった。

そんな弟妹たちにミツは背を向ける。

「これからはお前たちも勝手にしろ」

「ねぇちゃん?」

「そんなに貧乏がいやなら、この家を出ていくがいい。勤め先を探すなり、嫁ぎ先を探すなり、自分で勝手にするがいい。ねぇちゃんも好きにさせてもらう。いつでも悟が帰ってこられるように、この家を守って、ひとりで暮らしていく」

「そんな、あたしらの学校はどうなるの?」

「悟を売った金でなんとかすればいいだろう。あたしは、そんな金はビタ一文いらねぇから、その金を持ってさっさと出ていけ」

ミツと、弟妹たちとの関係は、このことで険悪になった。

間もなく弟は旧制中学卒業を待たずに山形市で就職し、次女は村の人間と所帯を持って家を出た。三女は女工として東京へ出ていくことになる。

ミツはたったひとりで実家で暮らした。

ときどき仲介人に悟のことを尋ねたりしながら、だ。

自分から直接、養子先へ連絡することはなかった。そうすることで、向こうの家で悟の肩身が狭《せま》くなることを避《さ》けたかったからだ。

うまくやっているようだと聞いてはいたが、ほんとうのところはわからない。養子だからといって邪険《じゃけん》に扱われていないだろうか。学校でいじめられてはいないだろうか。体を壊《こわ》していないだろうか。生まれのことで、先様の家の人たちにつめたい仕打ちをされていないだろうか。

心配ばかりが募った。

なにせ悟には、無心で甘《あま》えられる人間がいないのだ。

自分には両親がいた。自分がなにをしようとも、いかなる悪戯《いたずら》をはたらこうとも、最後にはすべてを受け容《い》れ、許してくれるのが、親というものではないのか。見返りを求められず、ただひたすら甘えられるのがほんとうの家族ではないのか。

悟には、そういう人がいない。

あまりにもかわいそうだと思った。

どんなに肩身が狭いだろうか、とも。

「あたしの考え過ぎだろうか」

もしかしたら、向こうの家で、我が子同然にかわいがってもらっているかもしれない。自分たち家族のことなどまるで知らされていないかもしれない。実の家族とともにいるより、いまのほうがよほど幸せかもしれない。

それでも――とミツは思う。悟がどんな立場に置かれようとも、幸せであっても不幸であっても、いつでも安心して帰って来られる場所を守らなければならないと。そのために、戸口村の粗末な家に、たったひとりで住みつづけた。

いつかまた、悟に会える日を待ちわびながら。

そして日々が過ぎ、ミツからも若さが失われていく。

生来の働き者で村人たちからは頼られたが、じつは孤独な毎日だった。

間もなく世は大戦に突入し、東京大空襲など遠い地のできごとである山深い村にも、不景気な知らせばかりがもたされる。そして悪い知らせというものは、たて続けにやってくるもので、十数年ぶりに仲介人から電報が届いた。

悟が遠い南の国で戦死したとの知らせだ。

ミツは身が崩《くず》れるほどに嘆いた。

一日で髪の毛がまっしろになるほどの哀しみだ。

「悟が……戦死した」

ミツは思わずにはいられない。

いったいどんな死に様だったろうか。

痛かったろうか、寒かったろうか、恐ろしかったろうか。

祖国に帰りたいと思っただろうか。

そして——末の弟の人生とは、いったいなんだったのだろうか、と。

無条件で人に甘えることも知らずに、ひとつの我儘《わがまま》も言えず、養父母のもとでいつも自らを取り繕《つくろ》って過ごし、この戦争のせいで結婚もまだしていなかった。この世での楽しみや夢を、ひとつでも叶《かな》えたことがあったのだろうか。

「悟が、あんまりにもかわいそうだ」

かわいそうで、かわいそうで、ならなかった。

だからミツは、せめてもの慰めとして、悟のムカサリ絵馬を描いてもらうことにした。成長した悟の顔は知らない。だから、若くして亡くなった父親の写真をもとに、成人した悟の姿を描いてもらった。

せめてあの世では、かわいい嫁をもらって幸せになってもらいたい。甘えられる、心から安心できる、ほんとうの家族をつくってもらいたい。

ただ、それだけを願い、ミツは残りの人生を、悟を供養するためだけに使うことに決めた。

「せめて、ねぇちゃんだけは、お前を忘れねぇでいてやるからな」

敗戦の翌年に若松寺に奉納したムカサリ絵馬を、三年前に手元に取り戻したミツは、いまわのきわまで、末の弟のことを思っていたのだろう。

*

あづみは涙を流していた。

夢を見ていたのだ。立花卓から話を聞いた、その日の夜、下宿の共同食堂で夕飯を取ったあと、部屋に引き取って布団に倒れ込んだ。そのまま寝入ってしまったらしい。

つけっぱなしになっていた電灯を見上げながら、あづみは濡れた目もとをぬぐった。

「どうしてこんな夢を……」

隠された存在だったはずが、突如、この世にあらわれた立花悟という人物のことが、よほど印象深かったのか。

誰からも聞かされていない、いまや誰も語ることができない、立花ミツと悟という姉弟の物語を、あづみは夢見ていたのだ。

ただの夢だから、真実とは違うかもしれない。

だが、違うとも、言い切れないのではないか。

ほんとうのところは、もう誰にもわからない。

「わたしったら」

あづみは起き上がり、鈍《にぶ》い痛みをおぼえる頭をかるく振る。

「どうして、またこんな夢を見てしまうのか」

ときどきあることだった。

世の中の不思議にも怪異にも、人の作為があるのだと信じているあづみであるのに、ときおり、こうした「不思議」としか言えないことが起こる。なにかしらの研究調査にかかわったあとに、それにまつわる不思議な夢を見ることがこれまでにも何度かあった。

ただの夢だと言い聞かせながらも、かたや自分が見た夢が、現実に起こったことだと信じる心もどこかにある。

「わたしは矛盾《むじゅん》だらけだ」

それでも——。

立花悟のために描かれたムカサリ絵馬と、立花ミツという孤独な女性の生涯とを思い、あづみは涙せずにはいられなかった。

「ミツさんは、悟さんのことを生涯忘れたことはなかったし、悟さんを守れなかったことに、罪悪感を抱えて生きてきた。弱みを隠し通してきた。それでいて最後の最後では、悟さんをそばに置き、できればその存在を誰かに知ってほしかったのではないか」

だからこそミツは、絵馬をお焚き上げせず、手元に戻したのではないか。

けっして、かわいがっていた卓という甥っ子の婚礼話を壊そうとしたわけではない。本来ならば、ムカサリ絵馬は、死者の浄土《じょうど》での幸せを願う絵のはずだ。人を不幸にするために描かれるものではないのだ。

人を不幸にすべく、絵馬を使おうとした人間の思惑こそ悪なのだ。

これから立花卓と母親はどう関係をつづけていくのだろうか。いまは無理でも、卓の母親は自らの過ちを詫《わ》び、息子は母を許す日が来るだろうか。

立花悟も、それを願っていると信じたかった。

「儚いけれど、とても、とても、美しい絵だものね」

婚礼絵のなかで、立花悟は儚いながらもやさしくほほえんでいる。

その表情が、身内どうしの諍《いさか》いを望んでいるとは、とても思えなかった。

「ミツさんと卓さんのお母さまは果たせなかったけれど、このムカサリ絵馬が、卓さんとお母さまの仲直りのきっかけに、いつかなるといいな」

そのときのためにも、あづみは、立花悟という薄幸の青年を描いたムカサリ絵馬を、屋根裏博物館の展示室に飾ろうと決めていた。


数日後、周防大島から帰ってきた林常彦は、博物館の展示室にムカサリ絵馬がかかっているのを見て、「しまった」と頭を抱えた。

「ぼくが帰省しているあいだに、すべて解決してしまっただなんて」

「立花さんに絵馬を渡す算段をしたのが、実の母親だとわかったのが、突然のことでしたからね」

「悔しい、悔しいな」

「え？」

常彦が子どもみたいに地団駄を踏むので、あづみはおもわず笑ってしまった。

あづみが、常彦に見せるはじめての笑顔だ。

「なにがそんなに悔しいんです？」

「だって悔しいじゃないか！　この調査は、きみとぼくのふたりで当たっていたのに。すべてが明らかになったとき、ぼくは立ち会えもしなかった」

「べつに、すべてが明らかになったわけではありません。わかったのは、誰がムカサリ絵馬を立花さんに渡すことにしたか。なぜ渡したのか。そして絵馬に描かれたのは誰だったのか、ということまで。ミツさんと悟さんの昔話は、わたしが勝手に夢に見ただけですから」

「いや、十中八九、あづみちゃんの夢の通りだと思う」

ずいぶんと無責任なことを言うものだと、あづみはおかしくなる。それでも素直《すなお》に礼を言った。

「同意してくださってありがとうございます」

「いや、愚痴《ぐち》を言ってほんとうにすまない。とにかく調査完了、おめでとうと言うべきかな」

「林さんのお力添えがあったからこそです」

「だといいのだけど」

常彦はすこしだけ機嫌をなおしてから、「今度こそ、ぼくも最後まで立ち会うからね」と高らかに宣言した。

あづみはあわてて言い返す。

「でも、つぎはいつ調査にご一緒できるか、わかりませんよ」

「近々、また一緒になるんじゃないかな。ぼくたち、役割分担が結構うまくいっていたと思わないかい？」

「そうでしょうか？」

「そう思うよ。なんにせよ、これからもよろしく、あづみちゃん」

常彦が人懐こい笑みを浮かべる。

あづみも、ぎこちなく笑みを返す。

差し出された大きな手を、おそるおそる握り返した。はじめて触れる常彦の手は、あたたかく、骨ばっていて、厚ぼったくも荒々しい肌触りだった。苦労を重ねてきた人の手だと思った。

「またこの人と、一緒に調査するのも悪くないかもしれない」

ふと、そんなことを思い、こんな感情を持った自分自身に驚いてしまう。

あづみがひとり戸惑っているそばで、常彦は肩にかけていた鞄を手探りし、なかから紙包みを取り出した。包み越しにも、ほのかに潮《しお》の香がただよってくる。

「お土産《みやげ》だよ、あづみちゃん」

「なんです、これ」

「太刀魚《たちうお》の干物《ひもの》。うちの島でよく獲《と》れる魚なんだ。これをあぶって食べると、酒がすすむよ」

「……わたし、まだ高校生なんですけど」

「あ、そうか」

すっかり失念していた、とばかり額を叩いた常彦は、照れくさそうに笑ったあと、

「まぁ酒がなくても美味《おい》しいから」と、ごまかしている。

「寒くなったら、みかんが島から届くからね。そっちのほうも楽しみにしていてよ」

「はい、楽しみにしています。ありがとうございます」


この日の夜あづみは、常彦が起居している管理人室で、太刀魚の干物をご馳走《ちそう》になった。もちろん酒は常彦だけだが、そこで、常彦が生まれ育った島のことや、向こうでの家族の話を聞いてみたいと思った。

家族がいない自分と、守るべき家族がいる常彦。

常彦は、生き別れた弟を最後まで思っていた立花ミツのことや、そして、立花兄弟らの仲違《なかたが》いのこと、その因縁がなにも知らない立花卓にまで及ぼうとしていたことに

ついて、どう思うのだろうか。人の心とはときに複雑で、世の不思議さえも生み出してしまう。人といると幸せであるかもしれないが、ときに救いのない憎しみさえ生む。そんな家族というしがらみに身を置いている常彦に聞いてみたかった。

そうすることで、また、ムカサリ絵馬の見方も変わるかもしれない。

「そして、わたしは、これからどうなっていくのだろうか」

常彦という相棒との出会いで、自分も、すこしずつ変わっていくのかもしれないと、あづみは漠然と思っていた。

第二話　イナサを待つ村

担任教師に職員室へ呼び出されていたあづみは、自分のほかに先客がいることに気づいた。

「学校をやめたいだなんて、いきなりなんてことを言うの？」

担任の甲高《かんだか》い詰問《きつもん》の声が聞こえてくる。

職員室の片隅《かたすみ》には応接テーブルとソファがあり、そこで、見覚えのあるおさげ髪《がみ》の少女が、対面に座った担任に問い詰められていた。

たしかに見覚えはあるのだが、さて誰《だれ》だったろうかとあづみが首をひねっていると、当のおさげ髪の少女は、消え入りそうな声で担任にこたえはじめた。

「父親が、いますぐ退学しろと言うものですから」

「だからって、こんな大事なことは簡単に決めていいことではありません。土田《つちだ》さんは、いまは叔母《おば》さまの家から通っているのでしたね？　叔母さまはご承知されているの？」

——そうだ。土田輝子《てるこ》だ。

あづみは、担任の口から出た言葉を聞いて、おさげ髪の少女の名前を思い出した。

顔を見知っているはずだ。あづみの同級の生徒で、しかも学籍《がくせき》番号が近いから、席も何度か近くになったことがあるはずだった。面と向かって話をしたことはないが、これは土田輝子が特別なのではなく、あづみにとって同級の生徒とは、その程度の面識しかないからだった。

職員室にあづみが来たことに気づくと、担任は「すこし待っていて」と視線で訴《うった》えると、応接ソファに座っている少女にあらためて諭《さと》すように言う。

「後日、叔母さまにもいらしていただいて、あらためて話し合いましょう」

「はい……」

土田輝子は力なく頭をさげたあと、ソファから立ち上がり、あづみを一瞥《いちべつ》したのち、ふたたびうつむいて歩き出し、職員室から出ていった。

輝子が去ったあと、あづみは担任に促され、ソファに腰掛《こしか》ける。向かいに座っている担任は、悩《なや》ましそうに頭を抱えていた。

「つぎはあなたでしたね。呼び出されたわけがわかりますか？　田中《たなか》さん」

「出席日数が足りない、ということでしょうか」

「その通りです。あなたも学校をやめるつもりなの？」

「いえ、そんなつもりは」

「では、どうして学校に来てくれないの？　やれやれだわ、なぜ今年はこんなに問題のある生徒が多いのかしら」

わたしがなにか悪いことをしたかしら、と担任は落胆《らくたん》のため息をつくのだった。


学校からの帰り道。

「ほんとうにやめてやろうかしら」

憤懣《ふんまん》やるかたないといった調子で、あづみは愚痴《ぐち》をこぼしていた。

昨年完成したばかりの東京タワーを背に、三田綱町《みたつなまち》の渋沢邸《しぶさわてい》へ帰りながらだ。

「ふたことめには、出席日数、出席日数って。進級にさしつかえない程度の出席があればいいじゃないの」

「なにをそんなにむくれているんです？」

広大な渋沢邸内、敷地の片隅にひっそりと佇《たたず》む屋根裏博物館《アチック・ミューゼアム》の玄関先に立ったあづみは、背後から呼び止められた。

あづみは振り返り、「あっ」とおもわず声をあげた。

「網野《あみの》さん？」

「久しぶりですね、あづみくん」

あづみくん、と親し気に笑いかけてきたのは、三十歳前後の男だった。温厚そうな丸顔のなかに、知性にみちた大きな目が輝いている。

男は、網野善彦《よしひこ》といった。

知性にあふれているといった印象はもっともで、網野は、東京大学の史学科を出た秀才中の秀才だ。大学卒業後は、渋沢敬三主宰《けいぞうしゅさい》の日本常民文化研究所に一時期勤めていた。つまり、あづみの同僚《どうりょう》だったわけだ。四年前に研究所を退所し、いまは都内の高等学校で教鞭《きょうべん》を取るかたわら、東京大学史料編纂《へんさん》所にも通っている。

「ご無沙汰《ぶさた》しています、網野さん」

むくれていたあづみは、表情を一変させ、網野に笑いかけた。あづみとしては珍しいことである。網野はまだ屋根裏博物館に勤めていた頃、あづみに対し、子どもだからと侮《あなど》らず、生意気だといって蔑《さげす》みもしなかった、貴重な同僚のひとりだったため、あづみも心を開いていたからだ。

そんな網野が、昔と変わらず丁寧な物腰《ものごし》で問いかけてくる。

「やめてやるって、学校のことですか？　きみの学校嫌いは変わってないとみえますね」

「出席日数のことで先生と揉《も》めてしまって、お恥ずかしいです。そんなことより、よくいらっしゃいました。今日は渋沢先生に御用ですか？」

「うん、それもそうなのですが」

続けて、網野は意外な人の名を口にする。

「林常彦《はやしつねひこ》くんという新入りに、会いたいと思いましてね」

常彦の名を出され、あづみはなぜか、胸を衝《つ》かれた心地になった。

屋根裏博物館の応接間。

麦藁帽子《むぎわらぼうし》に野良着《のらぎ》、両手には軍手、といった風体で、網野ご指名の林常彦は姿をあらわした。常彦は、博物館の管理人をするかたわら渋沢邸の庭師も兼務《けんむ》している。研究の手が空いたときは、もっぱら広大な庭を、剪定鋏《せんていばさみ》を持って駆《か》けずりまわっているといった具合だ。庭師のほうは、最近はじめたばかりだ。少しでも多く家族に仕送りするためだという。

「あづみちゃん、網野先生がいらっしゃってるって？」

「ええ、先ほどからお待ちですよ。ところで、まずは軍手ぐらいはずしたらどうですか」

あづみの助言にうなずきつつ、網野を紹介された常彦は、脱いだ軍手をベルトの間にねじこむと、応接間の出入り口でかしこまった。

「はじめまして、林常彦です。屋根裏博物館きっての秀才でいらした網野先生のことは、渋沢先生より伺《うかが》っております。一度お会いできればと願っていました」

珍しく常彦が緊張しているのを見て、あづみはおかしくなった。

かたくるしい挨拶に、網野も苦笑している。

「秀才だなんて、とんでもない。わたしは渋沢先生のお手伝いをすこしさせていただいただけで、いまはしがない高校教員ですよ」

「いえ、網野先生は、ゆくゆくは大きな業績を残す学者におなりだと信じています」

「大げさですねぇ。それよりも、わたしのほうこそ、きみの周防大島《すおうおおしま》の民俗調査の論文を拝読して、ぜひ会いたいと思っていました。自分が生まれ育った島のこととはいえ、独自にあそこまで綿密に聞き取りをするなんて、大したものです。アプローチもすばらしい」

「ありがとうございます！」

応接室のソファに対面で座り、楽しげに語りはじめた研究好きたちを横目で眺《なが》めつつ、あづみはため息をついた。

近ごろ、常彦にはこうして外から訪ねてくる人がふえている。研究者や編集者から、論文の共著やら、雑誌へのコラム掲載《けいさい》の依頼などが舞い込んでいるのだ。

あづみは複雑な思いだった。怒りのような、焦《あせ》りのような感情がつきまとう。つまり嫉妬《しっと》なのだが、自分が高校へ通い、出席日数がどうだとか押し問答しているあいだにも、常彦に置いて行かれてしまいそうで、焦ることこの上なかった。

「やっぱり、高校やめようかな」

そんな気分になり、応接間から退室しかけたとき。

ふと、あづみは網野の荷物に目を留めた。網野は手提《てさ》げ鞄《かばん》を持っていたが、そこから新聞が何紙かのぞいていた。『南伊豆下田《みなみいずしもだ》沖で漁船沈没　乗組員数人が行方不明伊勢湾《いせわん》台風の影響《えいきょう》か』との一面記事の見出しが目を引いた。

会話が一段落ついたのか網野が、あづみの視線に気づく。

「あぁ、これ。今朝の新聞ですが読みますか？　先月の伊勢湾台風の続報ですよ。今頃になって、大型船が沈没して行方不明になっていたことがわかったらしいです」

「先月の台風は、ひどかったですものね」

昭和三十四年、九月下旬――先月に発生した台風が、紀伊《きい》半島から東海地方を中心として、ほぼ全国にわたって大きな被害《ひがい》をもたらした。伊勢湾沿岸の被害が特に甚大だったために、伊勢湾台風と名付けられる。暴風、河川の氾濫《はんらん》、家屋の倒壊などにより、死者と行方不明者あわせて五千人以上と報じられている。いまなお復旧と捜索はつづいており、伊豆沖で沈没した船のことも、半月ほど経《た》ってようやく正確なことがわかった、ということだろう。

痛ましい報道に、あづみは顔をしかめる。

「まだまだ被害は大きくなりそうですね」

「今年は、おめでたいことと、不幸なことが、両極端に起こりますね。年の後半もどうなることやら……あぁ新聞はよかったら差し上げますよ、ゆっくり読んでください。

さてと。林くんとは、またゆっくりお話しさせてもらうとして、わたしは渋沢さんとの約束があるから、そろそろお暇《いとま》しようかな」

「今日はわざわざお立ち寄りくださって、ありがとうございました」

網野がソファから立ち上がると、常彦もまた立ち上がり、腰を直角に曲げて深く礼をする。網野も「またお会いしましょう」と返すと、応接間を出ていった。


屋根裏博物館から渋沢本邸まで、あづみも網野に同道した。久しぶりに渋沢邸を訪ねたので、迷わないように送ってほしいという申し出があったからだ。だが、網野には、べつの目的があったらしい。

「焦っているみたいですね」

「え？」

唐突に問われ、思わずあづみの声は裏返った。

「なんのことです？」

「林くんが多くの人たちに注目されていて、焦っているのか、面白くないのか。学校をやめたいというのは、それもひとつの理由なんじゃないですか？」

きっぱりと「違う」と否定できないところが、あづみにも、もどかしい。

すべてわかっているとばかりに、網野は温厚そうな表情のまま言葉をつづけた。

「恥ずかしいことではありません、人間、焦りや嫉妬を覚えるのは当たり前です。そんなふうに思えるほど、あづみくんが一所懸命に研究に取り組んでいる証拠《しょうこ》でしょう」

「そうでしょうか」

首をかしげて、あづみは、気になっていたことを網野に尋ねてみた。

「林さんは、将来有望な研究者になりそうでしょうか」

「なるでしょうね。だからこそ、渋沢さんが見込んで連れてきた」

「……わたしとなにが違うのでしょうか。わたしだって、屋根裏博物館に来て十年が経ちます。成果だってそれなりに出している。夏に行ったムカサリ絵馬の調査論文だって、学会では話題になりました。けれど、網野さんが四年ぶりに博物館を訪ねた目的は、わたしではなくて、林さんだった」

「今日来たのは、たまたま予定が合っただけなんですけどね」

ちょっとそこに座りましょう、と網野が指さしたのは、大きな池のそばにある庭石だ。網野は胸ポケットからハンカチを取り出し、庭石の上に敷くと、あづみに座るよう促す。

「どうぞ、ここに座って。すこし話しましょう」

「ありがとうございます」

あづみが敷かれたハンカチの上に座ると、となりに、網野がじかに庭石に腰掛けた。よく手入れされた池を眺めながら、網野は語りだした。

「なにが違うか、ですか。そうですね……あづみくんは、林くんがここに来るきっかけになった調査論文を読んだことはありますか？」

「はい、ひととおりは。周防大島の地理や習俗が綿密に記述されていて、地域比較もよく整理されていて、とてもよくできた論文でした。ただ……」

あづみは言葉を濁《にご》す。

よくできた論文ではあったが、自分の書いているものが、常彦にさほど劣っているとも思えなかった。渋沢や網野といった秀才たちが、なぜそこまで常彦にこだわるのかは、わからない。だからこその焦りであり嫉妬でもあった。

あづみが抱いている疑問《ぎもん》のこたえを、網野は知っているらしかった。理知的な大きな目が、そう語っていた。

「では、林くんの生い立ちについて聞いたことは？」

「林さんの生い立ち？　いえ、そんなことは、あらためて聞いたことはありません。郷里に奥さんとお子さんがいるのは知っていますけど」

「ならば今度時間のあるときに、林くんがこれまで送ってきた暮らしについて聞いてみてください。そうすれば、林くんの論文が違って見えるかもしれないし、彼がやろうとしていることが、わかるかもしれない。わたしたちが、彼の論文に注目しているわけもね」

「そうなんですか」

「あづみくんの論文と、林くんの論文、どちらの質が優《まさ》っているか、劣《おと》っているかではないのです。なんのために研究調査をし、論文を書いているか。それが、たぶん最も違っているところなのではないでしょうか」

常彦のこれまでの半生を聞けば、自分と相手の違いがわかるという意味が、あづみにはよくわからなかった。

困惑しきりのあづみに対し、網野は嚙《か》み砕《くだ》いて諭していく。

「あなたは、人の心を思いやることや、人に興味を持つことが、とても苦手ですね。だからこそ、それを学ぶのが学生時代なのではないかと、わたしは思うのです。知識量からいったら、あなたにはたしかに高校生活は必要ないものかもしれない。けれど、他人《ひと》と接し、交わり、他人のことを考えることは、学生時代だからこそ学べることなのではないですか」

「…………」

「それにね、民俗学を研究するということは、人の暮らしぶりや人が暮らす世間を研究するということですから、もっと他人に興味を持ってみてもいいかもしれない。せっかく渋沢先生に援助してもらっているんです。いましかできないことと思って、もうしばらく高校に通ってみたらどうですか」

網野の声は不思議と心にしみわたる。担任に諭されても反発が勝ってしまうあづみだが、いまは素直に聞くことができた。

「早く一人前になりたい、早く何者かになりたいという気持ちは、とてもよくわかります。わたしだって、十六やそこらでは、思ったことです。でも、焦ることはありませんよ。高校生活だって無駄《むだ》ではない。きっと、あなたの研究の役に立ちますから」

「網野さんがおっしゃるなら」

あづみは素直にうなずいた。

「林さんとも、いろいろ話してみます」

「ぜひそうしてごらんなさい」

では、わたしはこれで、と、庭石から腰を上げた網野は、勝手知ったる様子で、渋沢本邸のほうへ歩み去っていった。

あまりに颯爽《さっそう》とした去り方に、あづみは、網野にハンカチを返すきっかけを失ってしまった。

網野からの助言もあり、あづみは翌日《よくじつ》から心を入れ替えるつもりで登校した。

とはいえ、語り合える友人がすぐにできるわけもなく、授業はやはり面白くなく、教師からの視線は刺々《とげとげ》しく、気負《きお》っていた分いつも以上に疲れてしまった。一日の授業をすべておえ、疲労困憊《ひろうこんぱい》のあづみは、逃げるようにして教室をあとにした。

校舎から出て、外の空気をおもいきり吸い込む。ひんやりとした空気に、季節が進んでいることを感じる。中庭にある木々は、すこしずつ色づきはじめていた。そんな景色を眺めていると、背後から、同級生たちの華やかな笑い声が聞こえてきて、ますます侘《わび》しい気分にさいなまれた。

「はやく帰ろう」

あづみはため息とともにつぶやく。

昨日の網野からの助言はありがたかったが、何もかもをすぐに変えることなどしょせん無理なことだと思った。どうにもならないことに悩むくらいなら、あづみはほかのことに時間を割《さ》きたかった。屋根裏博物館の研究員たちとともに議論をしたり、寄贈物の選《え》り分けをしたり、学報を読んだり、自分の論文を書いたり。やるべきことは山ほどあるのだ。

それなのに、虚《むな》しい気持ちになるのはなぜだろう。寂しくなるのはなぜだろう。たまらなくなって、すこしでも早く学校から遠ざかりたくなり、駆け足になった。

だが、駆け出した直後におもわず立ち止まったのは、

「あづみさん、ちょっと待って」

と、自分を呼び止める声を耳にしたからだ。

歩みを止めてあづみは振り返った。自分を追ってきたのだろう。肩で大きく息をしながら、ひとりの少女が走り寄ってくるところだった。色白で小柄、おさげ髪の気弱そうな少女、土田輝子だ。昨日、職員室で会ったばかりだから覚えていた。

「土田……輝子さん？」

「わたしのこと、知ってくれているの？」

昨日、担任が名を呼んだことで覚えていただけだったが、あえて言う必要のないことだった。あづみは「もちろん」とだけこたえた。

息をととのえた輝子は、はにかみながら言葉をつづける。

「嬉《うれ》しい。あづみさんって、同級の子たちとほとんど話さないから、わたしのことも、知らないと思っていたのに」

「……たしか学籍番号が近いわよね」

「ええ、そうなの。席順が近いことも多くて。だから覚えていてくれたのね」

あづみが黙ってうなずくと、輝子は恥ずかしげにうつむいてしまう。お互いに口下《くちべ》手《た》どうしだ。しばらくのあいだ、そのまま立ちつくしていたのだが、輝子のほうが意を決して口を開いた。

「あづみさん、昨日の職員室での話、聞いてたわよね」

「学校をやめるっていう話？」

「うん」と、輝子は恥ずかしそうに、ふたたびうつむいてしまう。

「恥ずかしい話を聞かせてしまってごめんなさい。それで、お願いがあるのだけど、昨日の話、できれば誰にも話さないでほしいのだけど」

「べつにそんなことはしないけど。でも、恥ずかしがらなければならない話なの？　わたしは毎日学校をやめたいと思ってるけど」

あづみがこたえると、輝子は伏《ふ》せていた顔をあげた。

「あづみさんも学校をやめたいと思っているの？」

「わたしはね。でも、あなたは違うのよね？」

ほんとうは学校をやめたくないのよね——と、あづみがすべてを切り出す前に、ふいに輝子の表情が歪《ゆが》み、堪《た》えきれずに両目から涙をあふれさせた。

「そう、わたし、学校をやめたくない。ずっと東京の叔母の家にいたい。実家には帰りたくないの」

目の前で突然同級生に泣かれたあづみは、心底うろたえてしまった。情けないことに、どうしたのか問うこともできなければ、慰《なぐさ》めの言葉ひとつ出てこない。

いっぽう輝子は泣きながら話しつづける。

「でも、こんなこと誰にも相談できなくて。実家のことで、叔母にも迷惑をかけっぱなしで申し訳なくて。だから、もう退学するしかないのかなって」

ときおり通りかかる同じ学校の生徒が、不思議そうにあづみたちを一瞥していく。これではまるで、あづみが輝子を泣かせていると思われてしまう。困り果てて、あづみは輝子の震える肩にやさしく触れた。

「立ち話もなんだし、よければ、うちに寄ってすこし話をしていかない？」

自身でも予想外のことを口走ってしまったあづみの前で、涙を拭った輝子は大きく目を見開いた。

「あづみさんのお宅に？　いいの？」

「え、ええ、よかったら……」

「ありがとう、ありがとう、あづみさん」

輝子は礼を述べると、いきなりあづみの手を握りしめてきた。

握られた相手の手のあたたかさに、あづみは戸惑《とまど》うばかりだった。

こうしてあづみは、生まれてはじめて同級生を自宅に招くことになったのだが。

「あづみさんのお宅ってここなの？」

高校の最寄りから都電に乗り込み、揺《ゆ》られることおよそ四十分。三田駅で降りて、案内されるままについてきた輝子は、到着した場所で呆気《あっけ》に取られていた。

あづみの下宿先、三田綱町にある渋沢邸の総面積は、三千五百坪という途方もない広さを誇っている。表門はいつも仰々《ぎょうぎょう》しい門番が待ち構え、人の出入りも激しいので、あづみたち博物館の関係者は表門から入らず、べつの通用門から入る。ここから入るのが、屋根裏博物館への一番の近道だ。

通用門をくぐり、裏庭を突っ切ると、行く手に白亜《はくあ》の洋館が見えてくる。何百坪という巨大な本邸とは違い、やや立派な洋館という趣《おもむき》だ。

「あれが、わたしの下宿先。日本民俗学の研究所で、屋根裏博物館とも呼ばれているの。わたしは、研究員として部屋を与えてもらっているの」

渋沢邸の広さに驚きあきれながらも、輝子は相槌《あいづち》を打った。

「屋根裏博物館って知ってる。図書館の新聞で見かけたことがあるの。特集が組まれていた。たしか……半年くらい前の記事。日本民俗学という新しい学問を主だって研究している私設の博物館があるって。国中の不思議な言い伝えや昔話なんかの収集を行っているのでしょう？」

その新聞記事は、あづみもよく覚えている。たしか屋根裏博物館を、「不思議伝承収集の館」として面白おかしく紹介した記事だったはずだ。渋沢敬三の庇護《ひご》のもと、膨大《ぼうだい》な金を使い、世の中の不思議や怪異を研究している変わった機関であると、誤解されかねない情報が世間に広まってしまったものだ。

「あの記事はすこし偏見《へんけん》があるの。うちの博物館は、たしかに伝承や民話の収集もしているのだけど、それだけではないのよね。どちらかというと物から民俗を分析しているというか。ええと……わからないかな。そもそも、伝承というのは怪談とは別で、一見不思議な話にも、人間の思惑や作為が含まれていて、民俗学はそれを読み解くことによって、地域の特徴や、暮らしぶり、生き方などを捉《とら》える学問であって。つまり民衆の生活史を学ぶことで、地域性や地域間の特色を知り、わたしたちがどう生きていくかも考えなおすことができるわけで……」

説明しながらも、こんなことを話したところでわかってもらえるだろうかと、あづみの焦りは募った。案の定、話を聞いて、輝子も首をかしげている。

だが、たどたどしく説明しながらも、あづみは、ふとあることに気づいた。

昨日、網野が、「なんのために研究調査をし、論文を書いているのか」と言っていたことだ。その理由とは、いましがたあづみ自身が口にしたことなのではないか。

民衆の生活史を学ぶことで、常彦は、自分が生きてきた土地のことを深く知り、これからよりよく生きていく術《すべ》を学ぼうとしているのではないか。その姿勢が、ただ目的もなく収集や研究をつづける自分との違いなのではないか。

つい常彦のことを考えてしまったせい、というわけではないだろうが。

「おやぁ？　こいつは珍しい」

輝子を招いて博物館の玄関をくぐると、玄関脇にある管理人室の戸が開いて、陽気な声とともに男があらわれた。

「あづみちゃんが、お友達を連れて来るなんてね」

「林さん……」

声の主はもちろん林常彦だった。常彦が、あづみと同じ制服を着た少女を眺めながら、嬉しそうに笑っている。

気恥ずかしさに頬を赤らめながら、あづみは、ひとまず常彦を輝子に紹介する。

「こちら、博物館の管理人をしている林さん。わたしと同じく、屋根裏博物館に勤める研究員でもあるの」

「はじめまして、土田輝子です。あづみさんの同級生です」

「どうもはじめまして、林です。あづみちゃんが高校のお友達を連れて来るなんてはじめてのことですよ。サボらずに学校へ通うと宣言したから、どうしたのかと思っていたのだけど、お友達のおかげなのかもしれないね」

「林さん、よけいなこと言わないで」

お友達などと言われたら、輝子が迷惑するかもしれない。そう思い、あづみは林の脇腹を小突いた。その様子を見て、輝子はおかしそうに笑いはじめた。

「うふふ、なんだか林さんって、あづみさんのお兄さんみたいね」

「え？」と、あづみはまたも戸惑った。常彦も照れくさそうに頭を搔《か》いている。

「お兄さんだなんて、あづみちゃんが、いやがるだろうなぁ」

「べつにいやがりはしませんよ。ただ、あり得ないだけです」

「いやがっているじゃないか」

あづみと常彦が言い合っていると、輝子はさらに笑い声を立てた。

「仲がいいのね」

「そんなことより、はやくお話ししましょう」

あわててその場を切り上げたあづみは、輝子を二階の応接間に案内した。階下からは、常彦が相変わらず陽気な声で、

「いま三人分紅茶を淹《い》れて持っていくからね」

と、ちゃっかり自分もお茶の席に同席する旨を告げていた。


応接間に紅茶が三人分運ばれてきた。渋沢家の本邸からのお裾《すそ》分《わ》けの焼き菓子つきだ。紅茶と焼き菓子の芳《こう》しい匂《にお》いに包まれて、一日の疲れも癒《い》やされた。こと年若い少女ふたりにとって、おやつは至高《しこう》の安らぎでもあった。

お菓子を平らげ紅茶で口直しをし、ひとときくつろいだのち、さっそく本題に入る

ことになったのだが。

お茶を飲んだあとも、なぜか常彦は応接間を出て行こうとしない。もともとお節介な男ではある。だが、あづみとしては、いまはそのお節介がありがたかった。正直、他人の悩みを相談されても、あづみひとりでは、なんとこたえてよいのかわからないのだ。

案の定、あづみよりもむしろ常彦のほうが、親身になって輝子の話を聞いている。

「学校をやめろとお父さんが言うのかい？　またどうして」

紅茶のおかわりを手際よく淹れながら、常彦は心配そうに尋ねた。

「学費が払えないとか、そういうことではないんだね？　ならば、どうしてやめろだなんて言うのかな。輝子さんがやめたくないのなら、通いつづけるべきだと思うけど」

せっかくお茶《ちゃ》の水《みず》女子大学附属《ふぞく》高等学校という名門中の名門に入学できたというのに、高校生活を自らやめるなどもってのほか、と常彦は思っているらしい。常彦自身、地方の小島出身で、環境の整った場所で学問をする機会に恵まれなかったから、よけいにそう考えるのかもしれない。

「やめるべきではない」という言葉は、自分にも向けられているようで、あづみもまた胸の詰まる思いがした。

ふたりの少女に向けて意見をぶつけてから、常彦はあらためて輝子に促した。

「さしつかえなければ、家のことをもうすこし詳しく聞かせてくれないかな。もちろん無理にとは言わないけど」

「いいえ……わたしこそ、はじめて会う人にこんなことを聞いてもらって申し訳ないのですが」

せっかくだからと、輝子は、遠慮がちに語りだす。

輝子は十二歳まで、父親とともに静岡県南伊豆にある手崎《てさき》村というところで暮らしていたという。太平洋沿岸の狭小《きょうしょう》な入り江のある、さほど漁獲量も望めない、寂れた漁村だ。前年に母親が亡くなり、男親のみでは不便もあるかもしれないと、東京に住む母親の妹夫婦が輝子を呼び寄せた。

「母は東京の出身でした。自分に何かあったとき、わたしを東京の叔母のところにやってほしいと、前々から段取りをつけていたみたいなんです」

「ずいぶんと以前から、考えていらしたんだね」

「はい、わたしも母がそんなことを考えているなんて知らなかったから、とても驚きました。じつは、わたしも村の暮らしはあまり好きではなかったので。許されるのなら、東京に出たいと思ってました」

当然、父親は反対した。だが、「年ごろの娘に女親がいないと困るだろう」という叔母夫婦の再三の説得のすえ、中学と高校の学生生活のあいだだけという条件で、さらに、盆暮《ぼんく》れ正月、夏休みのあいだは、実家に必ず帰省するという約束も交わし、しぶしぶながら輝子を送り出してくれた。

そこまで話を聞き、同級生の手前、常彦ばかりに聞き手の役目をまかせるのがはばかられ、あづみがやっと話に割って入った。

「お父さまとの約束では、高校卒業までこちらにいていいってことだったのでしょう？　どうして急に帰ってこいと言われたの？　約束が違うじゃない」

するとと、輝子は弱々しくかぶりを振った。

「……じつは、最初に約束を破ったのはわたしのほうなの」

どういうことなのか、さらに問うと、輝子は苦しげにこたえた。

「父との約束では、盆暮れと正月、あと夏休みのあいだは帰省するということだったでしょう。中学生の頃は言う通りにしていたのだけど。でも、高校に入ってはじめての夏休みは、実家には帰らなかった。帰りたくなかったの。あわよくば高校を卒業してからも、東京に居つづけられないかと、ずっと願っていた」

「だから、お父さまの怒りを買った、と」

「はじめに約束を破ったのはわたしのほうだから、父にも約束を守ってくれと、言えなくなってしまったの」

実家を出てから一年目、二年目は約束通り実家に帰省していた。だが、しだいに頻度は減り、高校に入ってからはじめての夏休みは、ついに一日も帰省しなかったのだという。そして、この秋口になり、父親から帰ってくるよう催促があり、ことによっては力尽《ちからず》くで連れ戻すとまで言われはじめた。輝子が学校に行っているあいだに、叔母のもとにも脅しとも取れる電話がかかってくるようになり、叔母夫婦も困り果てているという。

「叔母たちは、わたしをとてもかわいがってくれます。いいひとたちなの。だから、迷惑をかけるのが心苦しくて」

だが、手崎村に帰りたくない気持ちは変わらない。強硬《きょうこう》な父親に恐怖すら抱いている。

こんなことを担任に言ってわかってもらえるのか。相談する友人もおらず、悩んでいたところに、たまたま職員室で顔を合わせたあづみに、思い切ってはじめて打ち明けることにした。

「学校の先生方も、うちの父のことをよくわかっていないから、簡単に話し合いをしましょうとおっしゃるけど、話し合いが通じるとも思えなくて」

輝子はあきらかに実の父親に恐怖をおぼえている。言葉のはしばしや、ときおりみせる表情に、それが感じられた。

なにがそこまで、輝子を恐れさせるのだろうか。

あづみは、もうすこし突っ込んだ話を聞かなければならないと思った。

「輝子さんは、生まれ育った村が好きではなかったというけれど、どうしてなの？」

「うちの村は、南伊豆でも景勝地や観光地のはざまにある小さな漁村なの。狭い入り江から小舟で海へ出て漁をするけど、漁の実入りはあまりよくなくて。しかも悪い季節風がよく吹く土地柄で、近海が荒れるから、漁に出られないことも多い。かといって田畑にする広い土地もない。村の人たちのつながりは強固で、お互い助け合って暮らしていた。だから村中顔見知りばかりで、わたしと母は、村で少数の余所者《よそもの》だったから、ずいぶんと肩身の狭い思いをしたの。ことあるごとに『これだから余所者は』と言われてきた。わたしは幼かったから、さほど風当たりはつよくなかったけど、いまならわかる。母は、よほどつらい思いをしていたんじゃないのかって」

「余所者って……お父さまは、土地の人なのでしょう？」

「でも、余所者の女が生んだ子どもだから、余所者と言われてしまうの」

「……」

物心がつかない幼い頃から「余所者」となじられていた輝子は、当然、生まれ育った村を好きになれなかった。村の顔役のひとりだった父親とも折り合いが悪かった。唯一の味方だった母親が病に冒され、余命いくばくもないとわかったとき、母の体の心配よりも、まずは「余所者の自分が、たったひとりで村に残されることになる」と、途方もない恐怖を抱いたという。それもまた、輝子をいまだ苦しめていることのひとつだろう。

「それでも、わたしも生まれてこのかた手崎村を出たことがなかったし、ほかの土地を知らなかったし、東京に出てくるまでは、一生村で肩身を狭くして生きていくものだと諦めてもいた。叔母の家に預けられたときも、もちろん高校を卒業したら帰るつもりでいた。でもね、一度村を出てしまうと、わたしは自分が生まれた場所には、やはり一生馴染《なじ》めそうもなく、そして、どこかおかしいと思えて仕方がなかった」

おかしいとは、どういうことなのか。

「たとえば」と言いかけた輝子は、あることに気づいたのか、話をいったん中断し、あわてて身を乗り出してくる。

「そうだ、この屋根裏博物館は、日本各地の不思議な風習を調べているのよね」

「まぁ、そういう面もある、ということなのだけど」

「これまで調査してきたなかで、こういう風習を、どこかで聞いたことはないかしら」

あづみと常彦を前にして、輝子は、実家での記憶を思い出しながら語る。

「わたし、実家を出るまではちっとも不思議とは思っていなかったのだけど、こちらへ来て、他所《よそ》の土地の人の話を聞いているうちに、村での風習がとても奇妙に思えはじめたの。たとえば、お正月の祝《いわ》い方ひとつを取ってみてもなのだけど」

世間一般では、正月の寿《ことほ》ぎの言葉といえば「あけましておめでとう」であろう。

だが、輝子が生まれ育った手崎村は違う。

正月に、来客があると、

「イナサ参ろう」

と祝いの挨拶をしてくるのだという。

対し、客を迎える側は、

「寄せてござれ、古釘《ふるくぎ》で祝いましょう」

とこたえ客を招き入れる。

これは、あづみもはじめて耳にする習俗だった。

「たしかに、不思議な風習ね」

あづみがつぶやくと、となりの常彦も「ぼくもはじめてだよ」と唸《うな》っている。

屋根裏博物館の研究員ふたりを前に、輝子は心配そうに眉をひそめた。

「そう……あづみさんたちも知らないとなると、なんだか、ますます心細いのだけど。でも、わたしは幼い頃は、この風習が当たり前で変だとは思わなかったの」

手崎村には、不思議な風習がほかにもあった。

年に一度、小正月の頃に寄り合い場に村人が集まり、村人全員の前に祝膳《いわいぜん》が据えられ、ひとつ主のない膳だけが真ん中に置かれる。それを村の長《おさ》や、それに準ずる人が、足蹴《あしげ》にしてひっくり返す、「ヨリモノ」という呼称の行事があること。これはいったい何の意味がある行事なのかと聞いたことがあるのだが、村の者は、「豊漁を神様に願うものだ」とだけ教えてくれたという。

ほかには、寂れた漁村のはずが、不思議なほど裕福だったことなどを語る。

「先にも言った通り、うちの村は、南伊豆でも観光地と観光地のはざまにあって、細々と漁業をするほかは、これといって産業がない小さな漁村なの。父も年に数回漁に出るのだけど、あとは痩《や》せた土地で細々と畑をするだけだった。でも、わたしには日ごろから貧乏を感じたり、食べるのに困ったという記憶はないし、東京へ出てくるためのお金だって、すぐに出してくれた」

もうひとつ、と輝子は言葉を継ぐ。顔色はますます翳《かげ》っていく。

「今年の正月に帰省したときのできごとなのだけど……」

「なにがあったの?」

「村の人たちが、亡くなった母の嫁入り道具やら、衣服やら、母の持ち物だったものを、使ったり身に着けたりしているのを見てしまったの。となりの家にお遣いに行ったときのことなのだけど、その家のおかみさんが、わたしの母の鏡台を使っていて。

わたしもはじめ見間違いかと思ったし、きっと似たものを買ったのだと信じたかったのだけど」

「でも、まぎれもなくお母さまのだと？」

「母の鏡台には、幼い頃わたしがつけた傷があって、それがまったく同じ場所にあった。わたし、恐いというか、気持ちが悪くなってしまって。それから村中を気をつけて観察してみると、村の女の人が、見覚えのある母の持ち物を、さも自分のものとして使っているのがわかってしまったの。ぞっとした。母の着物を仕立て直して身に着けたり、母の鞄や靴を使っていたり。もっと探せば、細々《こまごま》としたものも持っているに違いない」

「それって……お父さまが、お母さまが亡くなってから、村の人たちに配り与えたってことなの？」

「それ以外に考えられない。わたしは頭に来て父を問い詰めたのだけど、そんなことがあるわけがないと、突っぱねられるばかりだった。でも、たしかに母のものなのよ。わたしは、実の父のことや、生まれ育った村のことが、まるでわからなくなって、なにより恐ろしくなってしまった」

　だから、今年の夏はとうとう帰らなかったのだと、輝子は締めくくった。

「聞けば聞くほど、不思議で奇妙な話ね」

いつの間にかあづみは前のめりになって話を聞いていた。しだいに、体の芯が熱くなっていく心地もおぼえていた。

ただ同級生の悩みを聞くだけのはずが、いつの間にか、民俗学の研究員として話にのめりこんでしまっているのだ。となりでは、常彦が胸ポケットからメモ帳を取り出し、さっそく輝子の話を書き留めている。その姿を横目で見ながら、常彦の行動力と熱意に、あづみはまたも焦りを覚え、気持ちを引き締めなおす。

あづみは、常彦のメモを横から覗《のぞ》き込みながら言った。

「『イナサ参ろう』の『イナサ』というのは、南東の風のことですよね」

「その通りだよ、あづみちゃん、さすがだね。台風のときに吹くつよい風のことも言うんだよ。おもに東日本の太平洋側で使われる言葉だ」

メモ帳に視線を落とす常彦の表情は、いつになく険しかった。いつも穏やかな常彦にしては、珍しいこともあるものだとあづみは思う。

「正月にわざわざ祝いの言葉として使うなんて、どういうことなのかしら。『今年一年も南東の風がもたらされますように』と、祈っているってことなのでしょうか。そのあとの、古釘がどうこういう返答も、意味がよくわかりませんね」

「うぅん」と常彦は唸りながら腕を組む。

「行ってみようか」

「え？」

「行ってみようか、輝子さんの生まれ育った手崎村へ。じっくりと調査してみたい」

いつになく真剣な面持ちで、常彦は口にした。その表情を見て、あづみは思う。輝子の生まれ育った村でなにか不穏《ふおん》な気配があり、また、その不穏の正体を、常彦はどことなく勘づいているのではないかと。ゆえにほうっておけないのではないか、と。

だからあづみは、「それがいいかもしれませんね」と同意した。

「さっそく渋沢先生に掛け合ってみましょうか。もちろん、わたしも一緒に行きますから」

「……また、あづみちゃんに学校を休ませることになるけど」

「いいんです」と、あづみはとっさに返事をした。

「出席日数は、なんとか後で挽回《ばんかい》します。補習もきっちり受けますから。行きましょう」

あづみと常彦とで話がまとまると、それを聞いていた輝子が、驚きに目をしばたたかせている。

「来てくださるんですか？　わたしの村に？」

常彦は深くうなずき返した。

「博物館の代表である渋沢先生に許しをもらってからになるけど、きっと了承をもらえると思うよ」

「でも、わたしなんかのために、そこまで……」

「なんか、じゃないさ。あづみちゃんのはじめてのお友達だ。そのお友達が、学校をやめることになってしまったら寂しいからね」

「わたしのことはいいとして」

横から、あづみが常彦の言葉を遮《さえぎ》る。

「手崎村の習俗は、じつに不思議だわ。純粋に調査するに値《あたい》すると思う。なぜ、村の人たちは南東の風を待ちわびるのか。小正月に不思議な行事をするのか。亡き人の持ち物を、村中で分配して使いまわすのか。不思議は尽きない。でも……」

薄い鳶《とび》色の瞳は、いまだ見たことがない寂れた漁村を、見晴《みは》るかしているようだ。

「でも、それらの不思議の数々には、きっと人の深い思いがこめられている。なにかわけがある。それが輝子さんを苦しめるのならば、解き明かしてみないと」

あづみと常彦が語るそばで、対面のソファに腰掛けていた輝子は、おもわず腰を浮かせていた。

「ほんとうに来てくれるの？　あづみさん」

「ええ、もちろん」

安堵《あんど》して気が抜けたのか、輝子はふたたびソファにへたりこんでしまった。両手で口をおさえ、嗚咽《おえつ》をこらえている。そんな同級生の姿を見て、あづみは胸の痛みをおぼえる。これまで誰にも相談できず、ずいぶん悩んでたのだろうと。

網野からの「もっと他人に興味を持ってみてもいいかもしれない」という助言のおかげで、今日、輝子を下宿先に招くことができてよかったと、心から思うのだった。


屋根裏博物館の応接間で話し合ってから、一週間後。あづみと常彦、そして土田輝子は輝子の生家へ向かうことになった。あづみは後日みっちり補習を受けると担任に約束し、輝子は退学のことを実家で話し合ってくるという口実で、学校を休んできた。

南伊豆にある輝子の生家へ行くのは、早朝に東京を出てほぼ一日がかりの行程になりそうだった。

東海道《とうかいどう》本線で熱海《あたみ》まで出て、まずはそこで昼食を取る。熱海は名だたる温泉地であり、昨今では社員旅行や新婚旅行先として多くの人が押し寄せるので、駅前や旅館街は大変な賑《にぎ》わいをみせていた。

混雑した土産《みやげ》物屋の片隅であわただしく昼食を終え、伊東《いとう》線に乗り込んで南へ向かう。伊東まで到着すると、あとは路線バスに頼ることになる。伊豆下田方面へ、ほぼ海岸沿いをゆっくりとバスは進んだ。

目的地に着いたときには、すでに夕刻《ゆうこく》に差し掛かろうとしていた。

静岡県南伊豆下田、手崎村からすこし離れた場所に、石廊崎《いろうざき》という景勝地がある。温泉地である熱海や伊東とは趣が異なり、周辺には海水浴場として賑わう浜もある。すでに海で泳げる季節は過ぎてしまっているが、ほかの観光地に寄ったついでに、海辺で遊んでいく人たちがまだ多く見えた。あづみたちのように電車と路線バスを乗り継いで来る者はほとんどおらず、皆が自家用車で近隣にいくつかある海水浴場に立ち寄り、浜遊びをしたり、夕日に照らされて輝く海を眺めてから帰っていく。高校の制服とさほど変わらぬ堅苦しい恰好《かっこう》をしているあづみなどは、特に場違いな様子だった。

夕暮れ間近、あづみたちは、浜辺から引き上げていく若者たちを横目で見ながら、石廊崎の突端を目指していた。

突端の手前には鳥居《とりい》が建っており、おごそかな雰囲気が漂《ただよ》っている。

この場所にはある言い伝えが残っていた。

その昔、石廊崎の近くに漁師幸吉と、名主の娘である静が住んでいた。

ふたりは互いに好き合っていたが、身分の違いから周囲から関係を反対される。仕方なくふたりは村から逃げようとしたが、名主がはなった追手につかまり、仲を引き裂《さ》かれた。静を攫《さら》ったとして罰を科せられた幸吉は、石廊崎から船で一日ほどの距離にある神子元島《みこもとじま》に流刑となった。

それでも、ふたりは互いを忘れることができなかった。

幸吉は離島から、静は石廊崎の突端から、松明《たいまつ》の火をおこし、合図を取り合うようになったのだ。

遠くに見えるかすかな炎の明かりが、互いの思いを確かめ合う唯一の術だった。

こんなことが幾晩《いくばん》つづいたろうか。

それがある日をさかいに、静が石廊崎で火を灯《とも》しても、幸吉がいる神子元島からは明かりが届かなくなった。

幸吉になにかあったのだろうか。

気が気でなくなった静は、親が持っていた小舟を海に出し、自らの力だけで神子元島へ漕《こ》ぎだした。途中《とちゅう》、荒波に襲われ、舵《かじ》を取られることもあったが、幸吉を思い、力をふりしぼって漕ぎつづけた。

ようやく離島に漕ぎつけた静は、病に倒れた幸吉の姿を見つけ、つききりで看病をした。おかげで、やがて幸吉は快復し、あらためてお互いの大切さを痛感した。

このことを知った名主や、ほかの村の者たちも、

「ふたりの絆《きずな》はそこまでつよいものであったか」

と思い知らされ、ふたりの仲を許すことにしたという。

以後、生まれ育った村に戻った幸吉と静は、末永く幸せに暮らしたとのことだ。

こうした言い伝えがあるおかげで、静が火を熾《おこ》したとされる石廊崎の鳥居の先には、いまは石づくりの祠《ほこら》が祀《まつ》られている。祠は、縁結《えんむす》びにご利益のある神社として、伊豆を訪れる人々にとって人気の観光地となっていた。

「父と母が出会ったのも、この石廊崎だったらしいの」

せっかく伊豆まで来たので、実家がある手崎村へ行く前に観光地を案内してくれた輝子は、石廊崎に伝わる伝説を語ったあとに、この場所が輝子の両親にゆかりのある場所でもあると話しはじめた。

「縁結びの神社が？」

「ええ、そうみたい」

「縁結び」と言う通り、石廊崎の突端にある熊野《くまの》神社には、女性の団体や、若い男女の組み合わせの観光客が目立った。仲睦《なかむつ》まじい様子の男女が連れ添い、ひっきりなしに参詣《さんけい》して行く。

南伊豆は温泉地、海水浴場、景勝地として、一年を通じてたくさんの観光客が訪れる。秋も深まって冬にさしかかる頃には、温泉目当ての客はもっと増えるだろう。

日常から離れ、束《つか》の間《ま》の夢見心地を楽しむ人々を横目で見ながら、あづみもまた熊野神社に参詣してみる。

拝殿の前に立つと、すぐとなりに常彦がやってきて、ふたり同時に柏手《かしわで》を打った。

「調査がうまくいきますように」

あづみの耳元で、常彦の小さなつぶやきが聞こえてくる。かるく瞼《まぶた》をつむっていたあづみは、薄目をあけて、こっそりととなりを覗き見た。常彦は両目を固く閉じ、両手を合わせて熱心に祈りつづけている。この神社は縁結びの神様だというから、すこし的外れな願掛けかもしれないが、常彦らしいとも思った。

ついで、ふと思う。

「わたしは……」

いましがた、とっさに妙なことを祈ってしまった気がして、心の奥底にわきあがってきた感情を、あわててかき消した。

「どうしたの？」

あづみの視線に気づいたのか、参拝をおえた常彦が問いかけてきた。「なんでもありません」と頭をはげしく振ったあづみは、踵《きびす》を返し、すこし離れて待っていた輝子のもとへ駆け戻っていく。

「お参りがおわったなら、そろそろ行きましょうか」

あづみと常彦が戻ると、輝子はすこし浮かない顔で言った。

「輝子さんはお参りしなくていいの？」

「わたし、あまり海が好きじゃないの。この海は、特にね。石廊崎は、父と母が出会った場所だというけど、ここから、なにかがおかしくなった気がして」

「おかしく？」

「東京育ちの母は、若いときに女友達と一緒に南伊豆を訪れたのですって。そこで、このあたりに雇われ仕事で来ていた父と出会った。すぐに意気投合して結婚したと父は言っていたけど、はたしてほんとうなのか。いやがる母を、無理やり連れ去ったんじゃないかしら」

「……」

「両親は出会わないほうがよかったんじゃないかって、ときどき思うの」

おさえた声音でつぶやいたあと、輝子は肩をすくめてみせた。

「変なこと言ってるね、ごめんなさい。両親が出会わなかったら、わたしはいまここにいないのに」

「輝子さん……」

「さあ、父もそろそろ迎えに来るし、行きましょうか」

促され、一同はいよいよ手崎村へ向かうことになった。

この日は、石廊崎まで、輝子の父親が車で迎えに来てくれることになっていた。輝子が、「学校でできたお友達が伊豆観光をしたいと言うから、一緒に村にも寄ってもらいます」と話すと、喜んで車を出すと言ったらしい。

　車が到着する県道へ出るために、あづみたちは海岸からもと来た道を引き返す。途中、ほかの観光客の集団とすれ違った。

　そこで、団体客たちの会話が聞こえてくる。

「このあたりだろ、ほら、先月の伊勢湾台風のせいで船が沈没したのって」

「ニュースでやっていたな。あの、乗組員が誰も助からなかったっていうやつ？」

「乗組員の何人かは救助されたけど、海に沈んだ船が見つからないんじゃなかったっけ？」

　なにげなく耳に入ってきた話だが、あづみはおもわず立ち止まって聞き耳を立てた。ひどく気になったのは、以前、網野が持っていた新聞の見出しを思い出していたからだ。

　あづみが立ち止まって考え込んだので、輝子もまた歩みを止め、怪訝《けげん》そうに問いかけてくる。

「どうしたの、あづみさん？」

「最近騒《さわ》ぎになっていた沈没事故が起きたのは、このあたりのことだったのね。輝子さんは、事故のこと知っていた？」

「ええ、新聞で見たわ。地元のことだからどうしても目にとまってしまって。このあたり、昔からときどきあるのよね。わたし、さっき海が恐いと言ったでしょう。幼い頃からたびたび海難事故のことを聞いているから、海は恐いものだと、刷《す》り込《こ》まれているのかもしれない。入り江が多くて波が荒いから、昔から、よく難破した船が漂着していたのですって」

南伊豆下田のあたりは、江戸時代には海の東海道とも呼ばれ、江戸と上方とを結ぶ海運の中継所、風待ち港として発展した。二大市場がある江戸と上方の間は、菱垣廻《ひがきかい》船《せん》や樽廻船《たるかいせん》という船が頻繁《ひんぱん》に行き来し、膨大な物資や人を運んだという。運ばれたものは、米や味噌《みそ》、醬油《しょうゆ》、油、紙、木綿などの生活必需品、さらには海産物から鉱物などさまざまで、人が運ばれることもあった。

はるか昔から、下田の海岸からは、多くの帆船が行き来するさまを見ることができたのだ。

「船の行き来が激しければ、それだけ事故も多く起きる。船も頑丈になってきて、いまは難破する船も少なくなったのだけど、それでも、ときどきはこうして……」

輝子は幼い頃のできごとを、いまでもよく思い出すという。

嵐があった日の真夜中のこと、よく父親がひとり起き出して、おもてへ出かけることがあった。なにをしに行くのかと問うと、海難事故の捜索に出かけるというのだ。

手崎村の近海は流れが複雑で、船がよく遭難するという話は聞いていた。海が荒れて事故が起きると、地元を管轄《かんかつ》している警察署や自治体から、捜索に漁師の手も借りたいと要請《ようせい》があるのだという。

出かけていくのは父親だけではない。近所の主だった男衆が、手に懐中電灯や松明を持って、暗い海へ向かってつぎつぎと船を押し出していく。

その光景が幼心になんとも恐ろしくて、輝子は母親とともに布団に潜《もぐ》り込み、一晩中震えていたのを覚えているという。

難破した船は引き揚げることができたろうか。乗組員は助かっただろうか。みんな海の藻屑《もくず》となっていやしないか。考えれば考えるほど恐ろしかった。自分の恐怖心が伝染したわけではないだろうが、となりで眠る母親も震えていたかもしれない。過去、幾度《いくど》となく経験したできごとによって、海への恐怖心がいまでもぬぐい切れないという。

「なるほど、そんなことがあったのね」

「でも、子どもの頃って、なんでもないことが恐ろしく見えることってあるものね。変なことを言ってしまって、ごめんなさい」

照れくさそうに笑うと、輝子は「さ、急ぎましょう」とふたたび歩き出す。

そんな輝子の後にあづみもつづいたが、ふと横に目をやると、となりを歩く常彦がなぜか浮かない顔をしているのがわかった。ときおり海のほうを振り返ると、ひとりごとをつぶやきながら、頭を振って考え込んでは、ため息をついている。

「南東の風、難破の多発地帯。イナサ参ろう、寄せてござれ……か」

ひとりごとを言いながら考えるのは、常彦の癖《くせ》だった。

ずいぶんと深刻そうな表情なので、あづみは心配になってくる。

「林さん、なにか気になることでも？」

「うん？」と、あづみに問われた常彦は、表情をすこしやわらげた。

「なんでもないよ。すこし風がつよくなってきたから、雨が降るかもしれないね。晩夏から秋にかけては台風が多いとも言うし。さぁ、急ごう」

常彦がなにげなく笑うので、あづみもまたそれ以上は追及できず、ただうなずくしかなかった。

しばらく歩いたのち、県道へ出て待っていると、あづみたちのもとへ、一台の車が近づいてきた。道路わきに停車し、運転席の窓が開けられた。窓の隙間《すきま》から、痩せぎすの中年男が顔を覗かせる。漁師だというが、その割にはあまり日に焼けていない、というのがあづみの第一印象だ。

「よく帰ってきたな、輝子」

男——輝子の父親、土田壮一《そういち》は、まず娘に話しかけ、つぎにあづみに目を向ける。

一瞬だけ大きく目を見はった様子だったが、となりの常彦の姿に気づくと、たちまち表情を歪ませた。

「輝子、学校の友人を連れてくるだけじゃなかったのか？」

「こちらは田中あづみさん。同じクラスのお友達なの。この人は……林さんといって、あづみさんのことを心配してついてきてくれた……」

「はじめまして、林常彦と申します。あづみさんの家で雇われている使用人です。あづみさんが旅行に行くというので、心配されたご主人様からの指示で、同行させてもらっています」

もちまえの明るい表情で、常彦は壮一に笑いかけた。

存在しないあづみの父から命令され、未成年者の旅行に同行している使用人というのは、もちろん出まかせだ。壮一も信じたわけではないらしいが、「ちっ」と舌打ちしただけで、あとはなにも言わなかった。ここで喧嘩《けんか》をして、娘に東京に戻られても面倒だとでも思ったのだろうか。

「帰ろう、みんな乗ってくれ」

「うん……」

輝子は父親の車の助手席に座り、あづみと常彦は後部座席に乗り込んだ。

直後、車はものすごい勢いで走り出した。

石廊崎から車を走らせること数十分ほどで、周囲の景色はしだいに寂れていった。観光客向けの看板や商店もあっという間になくなり、灰色の道だけがつづく。県道から間道へ入り、複雑に入り組んだ海岸沿いを走るうちに、もはや東西南北もあやしくなってきて、あづみは不安な気持ちにさいなまれた。

壮一はわざと乱暴な運転をし、本来なら通らなくてもよい道をあちこち遠回りし、自分たちの感覚を狂わせているのではないかと、そんなことまで勘ぐってしまう。

「わたしたち、手崎村から帰ることができるのかしら」

心のなかで、不安から恐怖へと感情が変貌していくなか、ふと、膝《ひざ》の上で握りしめていた手に、あたたかい感触が伝わってきた。

あづみはとなりの席に視線を向ける。

常彦がこちらを見つめていた。まなざしは、あくまで柔和《にゅうわ》だ。あづみを落ち着かせようとしてくれているのがわかる。握りしめたあづみの手の上に、常彦の片手が置かれ、そこから伝わるぬくもりのおかげで、気持ちをしずめることができた。

深く深呼吸をして、あづみは常彦に向かって、すこしぎこちない笑みを向ける。

「もう大丈夫です」と、心のなかで告げると、常彦もまたほほえみ、あづみの手から、自分の手をひっこめた。

冷静になって、あづみはあらためて車窓から外を眺める。

行く手には複雑にうねった海岸沿いの一本道がつづいていた。やがて周囲を切り立った崖《がけ》で囲まれる、なんとも寂しい場所に差し掛かった。

石廊崎を発《た》ってから一時間とすこし経った頃に、土田壮一が運転する車は、ついに手崎村に辿《たど》り着いた。

断崖《だんがい》と断崖のあいだを、ときおり、獣《けもの》の唸り声にも似た風の音が吹き抜けていく。石廊崎にいたときから風がつよくなっていたが、日が暮れてから、ますます勢いがすさまじくなってきた。ひとつ、ふたつと肌に雨粒《あまつぶ》を感じてから、さほど間をおかずに、すぐに土砂降りの雨となった。

雨から逃げ込むようにして入った輝子の実家は、漁船が何艘《なんそう》か停泊している海岸から、すこし離れた丘陵の上にあった。狭小で入り組んだ土地柄ゆえに、村に点在する家々は、輝子の自宅同様、平地ではなく丘の上に建っているものが多かった。

「なにもないところだが、ゆっくりしていってくれ」

土田壮一が、娘とその友人、くわえてひとりの付き添い相手に、夕食をふるまってくれた。漁村らしく刺身と魚の煮つけ、さらに魚介の浜焼き、海鮮汁に、野菜の煮物やおひたしなどもある。品揃えは豪華だ。「よく来た、よく来た」と歓迎の素振りをしつつ、大皿に盛った料理をつぎつぎと出してくれたのは、同居している輝子の祖母だ。途中からは祖父も同席し、近所に住む親戚《しんせき》だという数人の男たちまでもが押しかけてくる。いずれも、あづみの姿をみとめると、驚きに目を見はるが、すぐに愛想笑いを取り戻した。それからは、さも当然のごとくともに食卓を囲みはじめた。

　食事中、いずれの人間も、

「よく帰ってきたな、輝子」

「輝子が帰ってきたというから、顔を見に来たんだ」

などと口では言うのだが、さして輝子には興味なさそうに、あづみのほうばかりを見て、なにかと話しかけてくる。

「ほう、あづみさんというのかね。いい名だねぇ」

「東京じゃ、新鮮な浜のモノはなかなか食べられんだろう。今夜はたくさん飲んで食べてくれ」

「そうそう、夜は長いからな」

　村の男たちはなにかとあづみに構い、家の台所からは、酒と食事がつぎつぎと運ばれてくる。なかには、あづみに酒を勧《すす》めてくる者もいたが、すかさずあいだに入った常彦がかろやかにそれをかわした。

「いやぁ、うまそうな酒だ。あづみちゃんは、まだ高校生だから飲めないけど、勿体《もったい》ないからぼくが飲ませてもらおうかな」

こういって、あづみに手渡されそうになった酒を、常彦がいっきにあおってしまう。男たちは不満顔だったが、気にもしない。

以後も二時間から三時間にわたって、飲み食いがつづき、ようやく会合がお開きになり、輝子の祖母が用意してくれた部屋にそれぞれ引き取ることになった。


あづみの代わりに酒をすべて引き受けた常彦は、二階の客間に入るとすぐに寝息《ねいき》を立てて寝入ってしまった。客間はひとつしかないから、あづみは、かつて輝子の母親が使っていたという部屋を借りることになった。

輝子が「村の人たちが、母の遺品を使っているかもしれない」と言っていたが、たしかに、輝子の母親の部屋にはほとんど物がなく、あまりにもすっきりと片づけられていた。母親が使っていたであろう日用品はもちろん、仏壇もなければ、写真の一枚もない。すくなくとも、土田壮一という男から、妻として愛されていたとは、とても思えない有様だ。

がらんどうの部屋に、客間から運んだひと組の布団を敷きながら、あづみは途端に哀《かな》しくなってきた。

「輝子さんのお母さまは、幸せだったのかしら」

石廊崎で土田壮一と出会い、手崎村に嫁《とつ》いできた当初は、幸せだったのだろうか。

自分の死後、まさか持ち物が村人に使いまわされているなど思いもよらなかっただろう。ときには余所者となじられ、子どもを産んでも、その子どもさえ余所者が産んだ子だと言われ、どうしてこの村から逃げ出さずにいられたのだろうと思った。

村での暮らしが幸せであったはずはないのだ。幸せであれば、自分が亡くなったあとに、娘を東京の妹のもとへ預けようなどとは思わなかったはずなのだから。

「この村の、いったい何が、輝子さんのお母さまを縛り付けていたのか」

不思議な習俗が根付く、手崎村。他所とはあまりにも違っている。あづみは、奇妙な習俗の意味を確かめたかった。そうすることで、輝子の母親のことも深くわかるかもしれない。

くわえて、なにより輝子自身のことだ。今日のうちは話題にのぼらなかったが、輝子が高校をやめて実家に戻るかどうかの話し合いを、これからすることになるのだろう。先刻の食事風景を見るだけでも、実家にあって、輝子がひどく居心地悪そうにしている印象が目立った。高校をやめることになれば、母親とおなじく、輝子のことを余所者と侮《あなど》り邪険《じゃけん》にする人々や土地から逃げられなくなるのではないか。

そんな一生は、どんなにつらいことだろうか。

どうにか同級生の力になりたい。あづみは、自分にできることなど限られているとわかっていても、願わずにはいられなかった。

「わたしが、こんなことを考えるなんて」

すこし前までは、思いもよらないことだった。学校では孤高を貫き、他人とのかかわりを避《さ》けてきたというのに。同級生との友誼《ゆうぎ》など、自分にとって無駄なことのはずだったのに。いまは「無駄」だと片づける気にはならなかった。

「林さんの影響かしら」

お節介な人のそばにいると、自分もまたおなじになってしまうのだろうか。

自嘲《じちょう》気味に笑って、布団に横になる。すぐに瞼が重くなるのを感じながら、あづみはひとりつぶやいていた。

「明日から、輝子さんのことも話し合って、村の調査もはじめよう」

長旅の疲れが出たのか、この夜は、夢も見ずに寝入ってしまった。

翌朝のこと。あづみは、けたたましい物音によって目覚めた。

階下から、声高な言い合いも聞こえてくる。輝子と、おそらくは父親のものらしかった。

布団から跳《は》ね起きたあづみは、すぐに着替えて部屋を出ると、一階へとおりていった。階段からおりた目の前がちょうど玄関になっていて、引き戸を開け放ち、輝子が飛び出していく後ろ姿が見えた。

「輝子さん、どうしたの?」

あづみの呼びかけは、輝子には届かない。代わりに、娘を追って自分も玄関に出てきた土田壮一が、きまり悪そうな顔をして振り返った。

「あんたか」

「いったいなにごとですか」

階段をおりたあづみが、壮一に尋ねる。

「もしかして、輝子さんと学校のことを話していたんですか？」

「他人が口をはさまないでくれ」

突き放した壮一の物言いに、あづみは眉をひそめ、「たしかにわたしは他人です」と言いながら一歩詰め寄った。

「他人だから、輝子さんの家の事情は詳しくわかりません。でも、せめて約束通り、高校を卒業するまでは東京にいさせてあげたらどうですか」

「約束？　ふん……輝子から話を聞いたのか。だが、だめだ。輝子のやつは、帰省する約束を破った。そんな約束すら守れない娘が、あと二年も東京にいることになれば、もう二度と帰ってこないかもしれない。そうなる前に連れ戻そうという、親心がなぜいけない。あいつは、おれの娘だ。手崎村の娘なんだ。どこへもやるわけにはいかないんだ」

「あなたの娘だって、この村の生まれだからって、輝子さんは輝子さんです。あの人の人生、ほかの誰のものでもありません。そういう物言いをするから、輝子さんが帰りたがらないいんじゃないんですか」

「東京者らしい言い方だな」

言い返してくるあづみを見下ろしながら、壮一は鼻でせせら笑った。

「そうやって自分が第一だっていう考えは、苦労知らずな都会の人間が言いそうなことだ。自分だけが幸せなら、ほかの人間のことは知ったことではない。自分たちが生まれ持った恵まれた境遇や特権に守られていることも忘れて、ひとりでも生きていけるつもりになっている。弱い者たちを踏みつけにして立っていることを知りもしない」

おれは、そういう苦労知らずが大嫌いだ。言い切る壮一は、暗い目であづみを睨《にら》みつけてくる。あづみもまた、負けじと見返した。

「わたしはどう言われてもいいです」

ただ――と、壮一から目をそらし、開けはなたれたままの玄関に自らも足を向ける。

「だったら、もうすこし輝子さんを『余所者』だなんて言わないで、大事にしてあげたらどうですか」

あえて静かな声で言い置いて、あづみは、出て行った輝子のあとを追いかけた。

輝子の実家を出ると、海へつづく長い石段がつづく。あづみは、あたりの景色を見渡しつつ石段をおりていた。海岸のほうから潮風《しおかぜ》が吹きあがってくる。相変わらず風のつよいところだと思った。昨晩ほどの、獣の咆哮《ほうこう》に似た突風があるわけではなかったが、年中強い潮風が吹きつけるとなると、漁に出るのは苦労だろうと想像できる。かといって、周囲が崖だらけの狭小な海辺の土地では、ほかに特産があるはずもない。

「入り江もこれほど入り組んでなくて、もうすこし広い浜辺があれば、海水浴場もできたかもしれないのに」

堤防を行き過ぎ、ひと気のない浜辺に立って、あづみはあらためて思った。

いまも昔も、ここは、時の流れに取り残されてしまっている村なのではないか、と。

手崎村の近隣にある観光地や、高度経済発展の恩恵にあずかる都会、そこに暮らす人々が「生まれ持った恵まれた特権」に守られているのだとするなら、手崎村の人々は、運悪くなにもない土地に生まれてしまった不幸、生まれながらに恵まれなかったことに苦しんでいるのではないだろうか。そして、苦しんでいながらも、ほかの土地のことを知らず、他所へ出ることもできず、余所者が恐ろしく、この狭間《はざま》の寒村にしがみつきつづけるしかないのではないか。

そして、輝子の父が、頑《かたく》なに娘を他所へやりたがらない理由を考える。

「あの人たちは、自分たちが出られないから、出たがっている輝子さんを妬《ねた》んでいるのだろうか」

だとしたら哀しいことだと思いつつ、あづみは浜辺を離れていったん丘の上に戻り、村の生活道を歩きながら輝子の姿を探した。車がやっと一台通ることができるほどの狭い道を歩きながら、一段高いところから波の高い海を見おろした。船の停泊場があり、小さな漁船が三艘舫《もや》われている。この強風では漁には出られないのだろうと思いつつ、どこか違和感《いわかん》をおぼえる。

「なにかしら」

あづみは考え込み、しばらくして気づいた。停泊している船があまりにもきれいすぎるのだ。いずれの船も、遠目で見るかぎり、ほとんど錆《さ》びついておらず、汚《よご》れも目立たず、使い込まれた様子がない。甲板の上には漁のために使う道具ひとつ置かれていないのだ。三艘のうち、一艘を近ごろ買い換えたという事情ならあり得るかもしれない。だが、三艘とも全て新しくしたなど手崎村のような寒村でそこまでの余裕《よゆう》があるだろうか。「漁に出られないのではなくて、漁に出ていないのではないか」という疑問が浮かぶ。

そこで、あらためて村の様子を観察する。

丘にある家々にも、もちろん眼下の浜辺にも、ひと気がなさすぎた。生活道を歩いていても、誰ひとりとしてすれ違うこともない。

波が打ち寄せる音だけが、妙に大きくあたりに響いていた。

「みんな、どこへ行っているのかしら」

ふたたび歩き出しながら、あづみは考えた。丘の上にちらほらと見える家の窓は一様に閉ざされ、なかには潮避《しおよ》けの雨戸を閉め切っている家さえある。昨晩、輝子の家にやってきた親戚たちは、いまどこで、なにをしているのだろうか。

「村の外へ働きに出ているのかな」

漁にも出ず、田畑もほとんどないのだから、仕事を求めるなら村外に出るしかないだろう。村にある家や田畑はいずれも崖の斜面を切り開いて無理やり作ったであろうものが多く、家々の敷地も狭い。役場や商店、ほかの公共機関といったものも見当たらないから、そういった施設の利用もまた、ほかの村や町に頼っているのかもしれない。

くわえて村の子どもたちは、やはり遠くにある学校まで通っているのだろうか。遠くへ出なくてはならないから、朝のかなり早い時間に、皆が出払ってしまっているのかもしれなかった。

それにしても、と思う。若い世代はそれでいい。では、村の年寄りはどこへ行ってしまったのか。年寄りならば、村のなかでできる軽い仕事をしていてもいいのではな村の者が田畑を耕《たがや》したり、海辺に出て釣りや手仕事をしてもいい。村の者どうしおもてへ出てきて語り合ったりするだけでもいいではないか。それが、村を成り立たせる姿ではないのか。

――やっぱり、この村の営みはどこか妙だ。

あづみがひと気のない生活道を歩きつづけていると、横合いにあった石段から、ふいに人影《ひとかげ》がおりてくる気配がした。やっと村人のひとりに会えるのかと思ったのも束の間、「あづみちゃん」と言ってあらわれたのは、見慣れた同僚の顔だった。

「……なんだ、林さんですか」

「なんだとはなんだい、つれない言い方だな」

昨晩の酒が残っているのか、すこしむくんだ顔をした常彦が、あづみのとなりに立った。

「朝起きたら、あづみちゃんも輝子ちゃんもいないから、探しに来てみたんだよ」

「輝子さんのお父さんになにか聞きました？」

「ふたりのことを尋ねようと思ったんだけど、壮一さん、部屋にこもっていて出てこなかった。雨戸も閉まっていたし明かりも消えていたから、もう一度寝なおしたのだろうと思って、あえて起こさなかったよ」

「寝ていたんですか」

娘が飛び出していったのに、探そうともしないで部屋にこもって寝ているなんてと腹が立ったが、ふとあることに気づいて、丘の上に点在する家々をあらためて眺めた。雨戸を閉め切っている家の人たちは、もしや壮一と同じく眠りについているのではないかと思ったのだ。

「あづみちゃん、どうしたの？」

黙って立ちつくしているあづみを、不思議そうに常彦が見つめてくる。だが、その直後、常彦の視線はあづみを通り越し、あたりでひときわ高い丘の上に向けられた。

「あ、輝子ちゃんもいた」

「え？」

常彦の視線を追い、あづみもまた丘を見上げる。

頂上には柵に囲まれた見晴らし台らしきものがあり、そこに、少女の姿が見える。服装からして輝子に間違いなかった。あわてて石段を駆けあがるあづみを追うようにして、常彦も一緒に輝子のもとへ急ぐ。石段をのぼりきると、つよい風が頬を叩《たた》いた。潮を含んだ、べたついた、いやな風だった。だが、この見晴らし台に立つと、手崎村の海が一望できることがわかった。

見晴らし台の片隅に小さな観音像《かんのんぞう》が立っていた。その観音像のそばに、輝子は座り込んでいた。

「輝子さん」

あづみが呼びかけると、じっと海を見下ろしていた輝子は振り返った。家を飛び出したものの、どこにも行く当てがなく、ここに座っていたのだという。

「さっきは、みっともないところを見せてしまって、ごめんなさい」

「気にしてないわ」

「一晩中、父と話し合ったのだけど、ずっとあの調子。もう東京には戻らせない。ずっと村にいろの一点張り。村に戻ったら、親戚の誰かと結婚でもさせる気なのよ。そうしたら、二度と出ていく気もなくすだろうって」

「そんな……」

あづみが言葉を失っていると、輝子はふと昔話をはじめた。

「幼い頃、母親と、いつもこの見晴らし台に来ていたの」

輝子は小学生のとき、となり町にある学校まで通っていたとのことだ。子どもの足で一時間半ほどもかかる遠方にあったため、授業後もすぐに帰らなければならず、友達はほとんどできなかった。

「友達もいなかったし、村にいた子どもは年上か、まだ学校に通えないほど小さな子たちばかりだったから。話す人もろくにいなかった。だから、学校から帰ると、毎日ここに来ていた母親と、夕飯の時間になるまでここで過ごしたの。母親も、余所者だと言われて、村のなかに親しい人もいなかったたし。ひととおり家事をすませて、すこし時間ができると、ここで息抜きをしたくなったんじゃないかしら」

それは、母親が病で動けなくなるまでつづいた。

母親は、この海をひとりで見ながら、なにを考えていたのだろうかと、輝子はつぶやく。

「父はたまにしか漁に出なかったたし、外にもときどき雇われの仕事に行くくらいだったから、家にいることが多かった。そんな父の相手をしつつ、義理の親の世話をしていたのだから、気詰まりだったたろうな」

どうして離婚しなかったのかな、と他人であるあづみばかりではなく、輝子でさえ、いつもそう思っていたのだ。

「わたしだったら堪えられないよ。昨晩、あづみさんたちが寝たあとに、父にも祖父母にも謝った。約束を破って、夏休みに帰って来なかったことをね。でも、父親は許してくれなかった。しょせんは余所者だと、母のしつけが悪かったのだと、あげくには、東京の叔母夫婦のことまで悪く言われて、わたし、もう我慢《がまん》ができなくて」

「輝子さん」

「そこまで言うのなら、わたしのことなんか、縁を切ってくれたらいいのにね」

あづみはなにも助言することができなかった。常彦もまた、輝子の話に黙って耳を傾けている。

「でも、そうはしてくれない。村に縛り付けようとする。それが村のためだからって。そんなに嫌っている余所者を村に取り込んでまで、村や家をつづけたいと思っているらしいけど」

すこしためらったあと、輝子は言葉をつづけた。

「わたしは、こんな村、なくなってしまったっていいと思ってる」

これまで思っていながらも、けっして口にしなかったことを、輝子はあづみの前だからこそ吐露《とろ》してしまったのかもしれなかった。


昼過ぎまで見晴らし台で過ごしたあと、あづみたちは輝子の家に戻った。その時間になっても、壮一も祖父母も寝ているのか、部屋から出てくる気配はなかった。

昨晩はろくに寝ていない輝子も、部屋に引き取って仮眠を取るという。

「あづみさんたちも休んで。わたし、今晩、もう一度父と話してみるから」

そして、もし話し合いに決着がつかなかったら、あづみと常彦は先に東京に帰ったほうがいいと、輝子はつけくわえた。

「わたし、あづみさんは、この村に長くいるべきじゃない気がする」

「でも、わたしたちには調査があるし」

「ぼくも、早く東京に帰ったほうがいいと思うな」

あづみが手崎村にやってきたのは、輝子の手助けをするためでもあったが、いっぽうで村に伝わる不思議な習俗を調べるのが主だった理由だった。そのために常彦も一緒にやってきたわけだが、当の常彦が、早々に手崎村を立ち去るべきだと主張する。

「どうしてですか、林さん」と、あづみは問いただした。

常彦はそらとぼけてこたえる。

「調査だったらぼくひとりだっていいさ。あづみちゃんは、早く帰って高校に行ったほうがいい。出席日数が足りないんだから」

「でも」

あづみが反論しかけるも、常彦は「二日酔《よ》いで気持ちが悪い」と言いながら、客間に引っ込んでしまった。つづいて輝子も自室に入ってしまう。仕方なくあづみも部屋に入ったのだが、釈然としない気分はぬぐえない。

「どうしたっていうのよ、ふたりとも」

ふてくされて、あづみは敷いたままの布団の上に横になった。

「一緒に来てほしいと言ったのは輝子さんじゃない。それにいつもの林さんなら、なんだかんだ言って、学校よりも調査を優先させてくれるのに」

常彦も輝子も、どこか様子がおかしかった。

なぜなのか、理由がわからず悶々《もんもん》と考えていると、しだいに意識が遠のいていく。いつの間にか眠っていたことに気づいたのは、窓の外から、あの獣の咆哮にも似た風の音が聞こえてきたからだ。

飛び起きたあづみは、窓の外が真っ暗になっていることに気づいた。

「いま何時なの……みんなは、どうしたの……」

あづみがあまりにも気持ちよさそうに眠っているので、誰も起こさなかったのだろうか。夕飯はどうしたのだろうか。食べ終えて、それぞれ部屋に戻ってしまったのだろうか。

さまざま考えながら、あづみは一階へおりていく。階下もまた真っ暗だった。仄《ほの》かな電灯がひとつだけ灯る台所へ入っていくと、そこに、人影があることに気づき、あわてて足をとめる。

「……誰?」

人影はこたえない。声をかけられ、ゆっくりとこちらを振り向く気配があった。あづみがおもわず後ずさりすると、相手は、一歩、二歩、とこちらに歩み寄ってくる。

人影が電灯の下までくると、その正体が、輝子の父壮一であることがわかった。

「なんだ、あんたか」

闇のなかから浮き上がった痩せた顔が、わずかに、にやりと歪んだ。

「やっと起きたのか。輝子が起こさないでいてやれと言うから、そのままにしておいたんだが」

「輝子さんとの話し合いは、したのですか」

「高校のことか？　あぁ、いましがたまで」

「やっぱりやめろと言ったんですか」

「あんたには関係ないことだろう」

話し合いはけっきょく平行線のままで、輝子はおそらく部屋にこもって落ち込んでいるのだろう。

あづみは、壮一に食ってかかった。

「他人であることも、かかわりのないことも重々承知ですけど、でも、言わせてください。輝子さんに戻ってほしいのなら、輝子さんが戻ってきてもよいと思えるくらい、彼女を大事にしてあげてください」

「大事にしているさ、誰よりも大事にしてきた。余所者だからな」

「余所者って、あなたの娘じゃないですか。どうしてそんなことを……」

あづみが言いかけると、突如、窓際からはげしい物音がして、あづみと壮一はそちらに目を向けた。

調理台の真ん前にある窓が、強風にあおられ、はげしく揺れていた。窓枠が軋《きし》みをあげている。

「ひどい風だろう、この村はたくさんの崖と崖の狭間にあるから、こうして強風がよく吹き込むんだ」

「……漁に出る機会を見計らうのが、大変でしょうね」

「そう、よくわかっているな。海沿いにあるというのに、じつは漁に出るのも大変で、土壌は塩を含み、かつ狭小地ゆえ田畑にも向いていない。かといってほかに収入になる観光資源もない。こんな寒村では日々暮らしていくのがやっとだ。村の若者はみな出て行ってしまう」

「だから輝子さんに高校を退学させてまで、呼び戻そうというんですか」

「輝子がかわいそうだと？　ほんとうに友達思いなんだな」

仄暗い電灯のもとで、壮一は小さく笑い声を立てる。

「それとも友達ではなく、東京の叔母とやらに金でも積まれて頼まれてきたのかな。あいつらも酔狂なことに、輝子をずいぶんとかわいがっているらしいからな。まぁ、どちらでもいい話だが」

「どうして余所者だと言うのに、輝子さんを外に出してあげないんですか」

「あんたは誤解している。余所者というのは、輝子を嫌っているからではないのだ。余所者だからこそ、大事にしているんだ」

「なにを言っているの？」

「余所者の血は貴重だ。ぜひとも、村の者と一緒になってもらって、子どもを産んでもらいたかったんだが――」

だが、余所者ならば、べつに輝子でなくともいいと、壮一は、あづみのもとへ近づいてきて、顔を覗き込んでくる。

「あんたは美しいな。まるで西洋人形だ」

「……近づかないで」

「輝子の母親も美しかったよ。石廊崎で出会ったときに、こんな女が村に来て、村の子どもを産んでくれたらよいのにと思った」

「まさか」とあづみは、喉にひどい渇きをおぼえながら問いただした。

「あなたは、輝子さんのお母さまを、無理やり連れてきたの？」

「無理やりではないさ、あいつが自ら手崎村に居つづけたいと言ったんだ」

「どうして？　こんな村に」

「こんな村だが、居つづけるべき理由があったのだろうさ」

それは、いったい何なのか。

いったいなにが、輝子の母を、この寂れた漁村に縛り付けたのか。

壮一の暗いまなざしが恐ろしく、あづみは、立ちすくんで動くことができなかった。

そのあいだにも、相手の手があづみの肩に触れ、やがて胸元まで伸びてくる。

「輝子を東京に戻したいのだったら、あんたがここに残ればいい。友達思いなのだか、叔母一家に頼まれてきたのか、どちらかは知らないが、それで願いが成就されるじゃないか」

胸元に触れられた瞬間、全身が総毛立つのをおぼえ、あづみはおもわず壮一を突き飛ばしていた。

すぐに踵を返す。

背後で、調理台にあった皿やら鍋やらが雪崩《なだ》れ落ちる音と、壮一の怒鳴《どな》り声が聞こえてきたが、恐ろしさに振り返ることもできず、玄関からおもてへ飛び出していた。

おもてへ出た途端、足元がよろめくほどの風が正面から吹きつけてくる。

昨日よりも、いっそう強い風だった。

「イナサだ……」

あづみは思った。

手崎村の生活の一部になっている南東の強風は、こうして、たびたび村で吹き荒れるものなのだろう。崖と崖の狭間を吹き抜ける風は獣の咆哮にも似て、強烈《きょうれつ》な潮のにおいをまきちらし、肌をざらつかせる。村の人々は、この恐ろしい風を、なぜ正月の寿ぎの言葉に使っているのか。

体をもみくちゃにされそうな強風に一度は怯《ひる》んだものの、壮一が追いかけてくるのではという恐怖が勝り、あづみは海岸へ向かって石段を駆けおりていく。

だが、海辺へ近づくにつれ、あづみの歩調はにぶった。

行く手にある暗い海の手前に、赤い炎がいくつも揺らめいているのが見えたのだ。

ぶきみな明かりのもとで、うごめく人影も、やがてはっきりと見えてきた。

「なにをやっているの」

あづみは目を凝らした。

松明の明かりに照らされ、人々の顔がかすかに見える。手崎村の男たちだ。輝子の祖父の顔もある。ほかに、昨日、輝子の家に夕飯を食べに来ていた男たちの姿もあった。ほかにも男衆だけが数十人。昼間のあいだは姿をあらわさなかった村の男たちがこぞって、真夜中の海に繰《く》り出《だ》してきているのだろう。

「漁をしているの？　こんな時間に？」

たしかに男たちは漁をしているらしかった。網漁だ。松明をかかげる数人のほかは、男たちは膝まで海水につかりながら、手に持った網を懸命に引いている。威勢のよい掛け声はなく、ただひたすら黙し、ずるりずるりと重たそうな網を浜へ引っ張り上げている。

しかし、男たちはなぜ、こんな真夜中に網を引くのか。

なにを引き上げようというのか。

少しずつ浜に引きずり上げられていく網のなかに、なにがかかっているのか。

暗がりでよく見えないが、魚ではないなにかが見える。魚であれば跳ねたり暴《あば》れたりすることもあろうが、中身は魚よりもずっと大きく、重たそうで、そして命あるものとは程遠い塊《かたまり》――。

「見たな」

ふいに肩に手を置かれた。

あづみはすくみあがる。すぐ背後に、自分の体に張りつくように、土田壮一が立っていた。直後、背後から羽《は》交《が》い締《じ》めにされ、おもわずあづみは悲鳴をあげた。

その声で、あづみたちのことに気づいたのか、海辺にいた人影がいっせいにこちらに視線を向けた。

「見たんだな」

耳元で、もう一度、壮一がささやく。それに呼応して、「見たな、見たな」と、海辺の男たちも口々に唱和しはじめた。

海のなかに立つ男たちのなかから、輝子の祖父がひとり網から手をはなし、海から出て浜辺を歩いてくる。

お父さん」

「すべてを知られてしまったのですから、輝子のかわりに村に来てもらいましょうよ、

「あぁ、それがいい」と輝子の祖父はしきりにうなずいていた。

「それがいいだろうよ。輝子より、この娘のほうが、余所者の血が濃い分よけいによいではないか」

「その通りですよね、お父さん。しかも、この美しさ。静子《しずこ》のときよりも、よい拾い物だと思いませんか」

静子——静子とは誰だ。口をおさえつけられ、体を羽交い締めにされながらも、あづみは考えを巡らせた。

そのあいだにも、壮一父子の話は進んでいく。

輝子の祖父が、浜辺に点々と足跡をつけながら、あづみの間近まで迫ってきた。

「だが、この娘、どうやって村に引き留めておく？」

「静子のときと同じだ。あの付き添いの男を利用するんですよ」

付き添いの男とは、常彦のことを言っているのか。

「東京から一緒に来たあの男、娘にとっては大事な男らしい。あいつを村のどこかに監禁しておけばいい。そうすれば、この娘は出ていけなくなる。ここにとどまらざる

を得なくなる」

　この言葉を聞いた瞬間、あづみの頭にひらめいた。

　静子という女性は、おそらくは輝子の母親であろうと。

　輝子の母親は、なにかしらの弱みを握られ、壮一のもとに嫁がされ、逃げることもできず、輝子を産み、一生をこの村で過ごすことになったのではないか。

　自分の身を顧《かえり》みることができないほどの、弱みとはなにか。

　いましがた壮一が言った通りだ。「大事な誰か」を、人質に取られていたのではないか。そう思った瞬間に、あづみの怒りが沸騰《ふっとう》した。

　――好き勝手にさせるものか！

　頭のなかで思いが爆《は》ぜて、あづみは、頭を力いっぱい振り回していた。口を塞《ふさ》いでいた手が、わずかに緩《ゆる》む。その隙をつき、あづみは壮一の手におもいきり噛みついた。

　悲鳴があがり、体に絡まっていたもういっぽうの手の力も緩んだので、身をくねらせて拘束から逃れた。

　目の前に立っていた輝子の祖父を突き飛ばし、暗い海へと駆けていく。

　途中、浜辺に立っていた男の松明を奪い、それを振り回しつつ、自分に襲い掛かろうとする男たちを薙《な》ぎ払っていく。

　一心不乱に浜辺を駆けると、濡《ぬ》れるのも厭《いと》わず、海のなかへ足をつけた。

村の男たちが遠巻きに呆然《ぼうぜん》と見守るなか、あづみは、すでに半ばまで引き上げられた魚網の一部を引っ張り上げる。手崎村の男たちは、イナサの風が吹く真夜中に、いったい何を引き上げているのか。この村が、イナサの風を求めているのはなぜなのか。どうして輝子の母親は、こんな村にとどまらなければならなかったのか。

網を引っ張り上げたあづみは、目を凝らし、なかにかかっているものを凝視する。

「あっ……」

網にかかっていたのは、もちろん魚ではなかった。

木材や機械片、ほかに金属類。衣類や食料品や電化製品といった細々としたものが、網にかかっていた。そして——もうひとつ。これらの無機質なものとは、また別のもの。青白くふやけた、かつて命あるものだったであろう塊が、網に手足を絡ませながら、哀しげに浮かんでいる。

「なんてこと」

網の中身を確かめたあと、あづみはゆっくりと顔をあげた。

浜辺に居並ぶ村の男たちのほうに目を向ける。うつろな目がこちらを見返していた。

「あなたたちは……」

あづみはすべてを悟《さと》った。村の男たちは、海からの漂流物を網ですくいあげようとしていたのだ。魚がほとんど獲れない寒村でありながら、それなりに裕福な暮らしを送ってこられたのは、これら漂着物を着服し、ときには売りさばき、金に換えてきたからではないのか。下田近海で難破船が出たときなどは、かっこうの収穫期ということだ。他人の持ち物であっても、村に持ち込まれたものは、やがて自分たちのものになる。輝子の母親の遺品を、村人が使いまわしていたのは、そうした倫理観がはたらいているからではないのか。

「罪悪感はないの？　こんなことをして……」

さらに言葉を継ごうとして、あづみは悲鳴をあげた。ふいに体が持ち上げられたのだ。いつの間にか壮一が横手から迫ってきていて、あづみを腰から担ぎ上げていた。

「いやだ、はなして！」

「それはできないな。すべてを知ってしまったのなら、なおさら、村にとどまってもらわねばならない」

「こんなこと、いつまでもつづけていられるわけがない。わたしの口を塞いだって、いつか世間に知れる」

「そうかもしれないが」

壮一は乾《かわ》いた笑いをはなっていた。

「だが、もしかしたら知られないかもしれない。隠し通せるかもしれない。それまで、おれたちはイナサの恵みで生きて行くしかないんだ」

「こんなものが恵みだなんて、ばかげている！」

「余所者は苦労を知らないから、そんなことが言えるのだ」

あづみを見返す壮一の目に、ひややかな光がひらめく。

「都会の恵まれた家で育ったお前に、なにがわかる。お前は飢《う》えたことがあるのか、時化《しけ》の恐怖におののいたことがあるのか、潮風の痛みに泣いたことがあるのか。世の中から忘れ去られたこの村で、漁に出ても成果は得られず、田畑を耕してもみな枯れ果て、人々は腹いっぱい食べることなど知らずに一生を終えていく。こんな村でどうにか生き延びてこられたのは、イナサのおこぼれがあったからだ」

「ならば……」

ならば、村を捨てればいい。村人でこぞって住みやすい新天地へ移ればいい。

言いかけ、あづみは口をつぐんだ。

そんなことができるのであれば、手崎村の人々は、とうの昔にそうしていたであろうと思ったからだ。生まれた土地への執着というものは、あづみのごとき根無し草には想像できぬほど強固であることは、これまでさまざまな土地へ出向いて、わかっていた。それはまるで、人間の血肉と同様に、切り離せぬものであるのだ。

「ならば、せめて」

あづみは苦しげに呻《うめ》きながら、別のことを口にする。

「せめて、村から出たがっている人くらいは、送り出してあげたらどうなの。輝子さんは、村を出ても生きていける。きちんと、その力を身につけているの。だから、せめて」

「もちろんだとも。輝子は東京でもどこへなりとも、出て行けばいい。かわりに、お前が手崎村にいてくれればいい」

「どうして、そんな考えになるの」

「村のためだ。すべては村を生き延びさせるためだ。お前は友達思いだな。ほんとうにいい女だ。輝子などが村に残るより、よほどいい。今日からお前も村の女だ。イナサの恵みで生きて行くんだ」

「あづみちゃんをはなせ！」

　言い合うあづみと壮一の背後から声がかかった。つぎの瞬間、何者かが壮一を突き飛ばす。拍子に、壮一の手から解放されたあづみの体が、海のなかに叩きつけられた。そして、あづみをはなした壮一もまた海のなかへ倒れ込んでいく。

　頭まで海に浸《つ》かったあづみを引っ張り上げたのは、力強い男の手だった。

「もう大丈夫だ」

　聞きなれた声がふってくる。ごつごつとして、あたたかい手の持ち主は、林常彦だ。常彦は、ずぶ濡れのあづみを海から浜辺へ引きずり上げた。

「林さん……」

「大丈夫だから、もう心配はいらないよ」

微笑《びしょう》を浮かべた常彦の顔が間近に迫ってきた。そのとなりには、やはり心配そうに顔を覗き込んでくる輝子の姿もある。

「部屋にあづみちゃんがいないって、輝子ちゃんから聞いてね。あわてて探しに来た」

「すみません、わたし……」

「走れるかい？」

あづみが弱々しくうなずくと、常彦は「よし」と言って、あづみの手を取り、浜辺を走り出した。輝子もあとからついてくる。さらにそのあとを、壮一の怒声が追いかけてきた。

わずかに走っただけなのに、あづみの足はすぐに重たくなり、胸がつぶれそうなほどに息が苦しくなってくる。それでも、常彦に手を引かれ、どうにか走りつづけた。

常彦の激励《げきれい》が耳を打つ。

「頑張れ、あづみちゃん。もうすこしだ。さっき、警察に電話した。とりあえず海から離れよう、県道まで走るんだ。そうしたら、警察の人と落ち合えるかもしれない。とにかく村を出なければ、それまで頑張れ！」

息苦しさに返事をすることもできずに、あづみは、ただ何度もうなずくのみである。どこへ向かうとも知れずに、走りつづけた。きっと常彦の言葉がなければ立ち止まっていただろう。となりで輝子が支えていてくれなければ倒れていただろう。追われる恐怖と、体中の痛みと苦しさに、押しつぶされていただろう。

村からは出られたのだろうかと、あづみは目を凝らした。しかし出口などないのではないかと思うほどに、暗闇は延々とつづいている。

足から力が抜けて、立ち止まりかけたときだ。

「あづみちゃん」

自分の名を呼ぶ、やはり息があがった常彦の声が力強く響く。あづみは顔をあげた。細く曲がりくねった道の向こうから、かすかに光明が差し込んでくるのが見えた。やがて白色の人工の光が大きく迫ってきた。あまりにまばゆくて目に痛い。

助けが来たのだということを、あづみは朦朧《もうろう》とする意識のなかで悟った。

＊

静子は恋人の行方を求めて石廊崎に立っていた。

かの漁師幸吉と静との伝説を知ったのは、たまたまだった。旅先でのことだ。傷心の旅だった。半年前、日本郵船の乗組員だった恋人の船が難破し、いまだ船体も発見されず、乗組員の行方も定かではなく、手掛かりを探そうとする静子に、友人たちが着いて来てくれたのだ。

「石廊崎に行ってみない？」

静子は友人たちに言った。

友人たちは戸惑ったが、静子自ら言い出したことなので、提案を受け入れてくれた。

「でも……静子、海を見るのはいやじゃないの？」

「石廊崎には、離れ離れになった恋人どうしが再会したっていう伝説があるの。縁結びの神様も祀られているのよ。だから、お参りをしてみたいと思って。あの人が海から還《かえ》ってくるように、また会えますようにって」

「ならば行ってみましょうか」

正直なところを言うと、静子は、恋人の生存をほとんど諦めていた。それでも、東京から大阪への航路途上で遭難したのではないかと言われている船の残骸《ざんがい》が、海に突き出た岬に、ひとつでも流れ着いているのではないか。恋人の遺品が、遺品がなくてもなにか一部だけでも見つかるのではないか。そんな雲を摑《つか》むような淡い期待を捨てきれずにいた。

こうして——恋人の断片のひとつでも探すために石廊崎に出かけた静子は、そこで、地元の青年に出会った。

名を、土田壮一といった。近隣の漁村の出身で、漁師と雇われの仕事の掛け持ちをしているという。

海を見た途端気分が悪くなった静子を、介抱してくれたのが壮一だった。看病をしつつ、海が恐いと訴える静子の身の上話まで、親身に耳を傾けてくれた。

「半年前の海難事故、よく覚えてますよ。たいへんな騒ぎだった。その船に、あなたの恋人が乗っていたんですね。かわいそうに。さぞご心配でしょう。それで恋人のために、石廊崎に願掛けを？」

「ええ……そのつもりでした。でも、しょせんは無駄なことなのだと、ばかなことをしに来たものだと思います。願掛けをしたって、あの人が還ってくるはずがないのに」

「そうでしょうか」

自らも涙を流して話を聞きおえた壮一は、静子の行いを笑うでもなく、落ち着いた様子でこたえた。

「あなたが、石廊崎に恋人を探しに来たというのは、まったく的外れというわけではないと思います」

「どういうことでしょうか」

「下田は江戸時代から風待ち港として、船の停泊地だったのです。江戸と上方の中継地でもあるし、海流や風の流れのおかげで立ち寄りやすい場所でもあったのでしょう。ただし、このあたりの近海は、海岸線が複雑に入り組んでいて、季節によっては悪風が吹いて海が荒れる。昔はいまほど船が頑丈ではなかったから、難破する船も多かった」

「彼の乗った船も、その悪風のせいで沈んでしまったのでしょうか……」

「もしかしたら、そうかもしれません」

気落ちしてうつむいてしまう静子に、壮一はなおも力強く語りかけた。

「でも、沈んだ船のすべてが海の藻屑となったわけではないのです。先にも言いましたが、海流や風の流れのおかげで、近海で沈んだ船の一部が、このあたりの浜辺に流れ着くことも多いのですよ。なかには、沈んだ船から海に投げ出され、壊れた部品の一部に摑まって、どうにか生き延びて流れ着いた者もいるでしょう」

「生き残った人、というのもいるんですね」

「ええ、生きている人間も、残念《ざんねん》ながら亡くなった人も。あとは船の破片《はへん》とか、積み荷とか、いろいろなものが。イナサの風という、南東のつよい風が吹くときに、よく打ち上げられるんです」

——だから、あなたの恋人だって、イナサの風に乗って、浜辺に流れ着くかもしれない。石廊崎の伝説のように、あなたのもとへ還ってくることも、あるかもしれない……。

壮一の言葉を、静子はどんな気持ちで聞いただろうか。

下田の近海で沈んだ船の、さまざまなものが打ち上げられるという浜辺——そこで、いつかは恋人が見つかるかもしれないと思ったのだろうか。海の藻屑となった恋人の一部が、かすかな断片だけでもいいから、いつかは還ってくるかもしれないと思ったのだろうか。あるいは、この場にとどまり、海で散った恋人の魂《たましい》だけでも、肌で感じたいと願ったのだろうか。

結果、静子は、この地にとどまることを決意した。

石廊崎で出会った青年と夫婦になり、娘を産み、以後、イナサの風が吹きつける寂れた漁村から一歩も出ることはなかった。

静子の手崎村での暮らしは、浜辺に打ち上げられるものを、ひたすら待ちわびるだけ。ただ、それだけの日々だった。

イナサの風が吹くたびに、近海で船が難破するたびに、村の男たちは、夜な夜な赤い松明をかかげて海へ繰り出していく。

漁へ出るのだ。真夜中の、漁へ。

近海で船が難破したときに散乱する残骸や、船の積み荷が流されてくるのを引き上げる。それが、手崎村の漁だ。

手崎村は、潮を含んだ強風吹きすさぶ不毛の地であり、入り組んだ入り江では大きな船も持てず、狭小地ゆえ田畑も満足にできない。しかも観光地からも疎外されていた。だからこそ手崎村は、はるか昔から、海から運ばれる漂着物を自らのものとすることで、どうにか生きながらえてきた。

ゆえに、小正月には「ヨリモノ」という船の転覆を願う祈りを行い、ときには自たちの手で難破船を作り出すことも厭わなかった。イナサが吹いたとき、村の者はそれぞれに松明を持ち、炎をかかげて浜辺を往来する。すると強風に往生して港を探していた船が、炎の明かりにつられて近づいてくる。ところが、船は暗礁《あんしょう》地帯へ誘われているのである。助かると思いきや、暗礁に乗り上げ、船は大破する。

村人は、その光景を浜辺から見守った。

同情も、罪悪感も、すでに枯れはてている。あるのはイナサの恵みへの感謝だった。飢えに苦しみながらも、どうにか村を絶やさずにこられたのは、他人の命を、物を、奪ってきたからだ。これしか生きる術はなかった。人は、生きるために獣を殺し、自然を切り取っていく。それと同じことなのだ。悪いことなどなにひとつないはずなのだ。そう信じ込んだ。

だから、正月にはイナサが吹くことを願い、船の転覆《てんぷく》を願う行事さえするようになった。

この寂れた漁村に、連綿と受け継がれてきたものだ。

そして静子もまた、待ちつづける。

真夜中、赤い松明をかかげて村の男たちがこぞって海へ出ていくと、自分はその成果を待ちつづける。

男たちが漁から成果を持ち帰ってくるのは、空がかすかに白んだ頃合いだ。

この日も静子は待ちきれず、明け方になると、赤ん坊を抱きながら浜辺へつづく坂道をおりていく。

遠目に、海の向こうから顔を覗かせる太陽と、波打ち際に跳ね上がる白い水しぶきを見つめながら、

「イナサ参ろう……」

と、子守歌がわりに口ずさんだ。

「寄せてござれ、古釘で祝いましょう……寄せてござれ」

静子は、これからも手崎村を離れるつもりはなかった。海にのみ込まれた恋人の断片が、いつか浜辺に打ち上げられるその日まで。幾年も、これからもずっと、命あるかぎり、待ちつづけるのだ。

「イナサの風よ来やれ、船をデンゴロリンとくつがえせ」

目覚めた赤ん坊は、無垢《むく》な瞳で、唄《うた》を口ずさむ母親を見上げている。

静子は、胸のなかにいる赤ん坊に笑いかけた。

すると赤ん坊がふいにむずかり、母親のほうに向けていた顔を、海のほうへと向ける。だが、静子は我が子を抱きしめなおし、海に向きかけていた視線をそらせてやる。

「お前は……この夢を見なくてもいいんだよ」

——わたしだけが、見ている夢だからね。

*

あづみは、また夢を見ていた。

ひとりの美しい女が、海に狂わされていく夢だ。けれど女は、狂気のなかにあってなお幸せそうであった。打ち上げられるものを待ち望んでいた。娘を慈《いつく》しんでいた。

それが、あづみにとってはひどく哀しかった。

そして——海での探し物は、恋人の断片は、見つかったのだろうか。

「見つかったから、静子さんは……」

だからこそ静子は、この世での未練をすべて断ち切って、旅立ったのだろうか。

毛布にくるまれて横になっていたあづみは、全身に鈍《にぶ》い痛みをおぼえながら、やっとのことで目覚めた。

「気づいたかな」

聞きなれた声とともに肩を揺すられ、意識がしだいにはっきりしてくる。

白壁に囲まれた、間仕切りと簡易ベッドがひとつ置かれただけの小さな部屋に、あづみは寝かされていた。ゆっくりと体を起こし、自分の肩に手を置いている人物を見上げた。常彦が、緊張したおももちで、かたわらのパイプ椅子に座っている。

「林さん」

「また、夢を見ていたのかい？」

常彦に問われ、あづみは「そうみたいです」とかすれた声でこたえた。

あづみは、研究調査にかかわっているあいだ、それにまつわるなにかしらの不思議な夢を見ることがまれにあるのだ。常彦はそれを知っている。だが、なぜ夢を見ていたことがわかったのか。

あづみは頬に違和感を感じ、手でぬぐった。手の甲がしっとりと濡れていた。眠っている間に涙を流していたらしい。だから、常彦は、あづみが夢を見ているとわかったのだろう。

気恥ずかしくなり、あづみは頬を何度も何度も手でこすった。

「わたし、また……」

「気分は悪くない？　どこか痛いところは？」

「大丈夫です、ありがとうございます。ところで、ここはどこですか？」

「下田の警察署だよ。手崎村の近所にある派出所のお巡《まわ》りさんが、ぼくたちを探してくれて。ここまで連れてきてくれた」

「そうでしたか」

助かったのだ、と思うと、あらためて全身にけだるさを感じる。

壮一と揉み合ったり、海のなかに落ちたり、濡れた体で走り回ったおかげで、まだ疲れが澱《おり》のごとく残っていた。

だが、あることに気づいて、かたわらの常彦に尋ねた。

「輝子さんはどうしています？」

手崎村から逃げているとき、輝子もまた一緒にいたはずだった。だが、部屋にいるのはあづみと常彦だけだ。

表情を翳らせて、常彦はこたえる。

「村の人たちがどうやって収入を得ていたか、警察の人に知らされて、だいぶ気落ちしてしまったようだ。いまは父親のことや、村のことについて取り調べを受けているよ」

「輝子さんは、やっぱり、村のほんとうの姿を知らなかったんですね」

「お母さんが、必死に隠していたのかもしれないね」

「………」

あづみも同じ考えだった。

死んだ恋人の亡霊《ぼうれい》と、海に囚《とら》われていた輝子の母親も、ふとした瞬間に正気に立ち返り、たったひとりの娘だけは、村の呪縛《じゅばく》から逃してやりたいと願ったのではないだろうか。だから、父親のことも、村の人たちが行っていることからも、娘の目をそらせた。娘は村にとって「余所者」であるという意識を、あえて植え付けてきた。

娘が、いつか自分の力だけで生きていける年齢になったら、外の世界へときはなち、村のことなど忘れ、堂々と生きていけるようにと。かすかに残った理性のなかで、戦っていたのではないか。東京にいる妹に、娘のことを託《たく》したのではないか。

その娘――輝子が、両親のこと、村のこと、自分が生まれたわけ、すべてを知ってしまったあとに、母親の願いを汲《く》み、立ち直ってくれることを願うばかりだった。

あづみは吐息《といき》をもらした。

「……これで今回の調査は終わりですね」

「そうだね。あとは、警察の仕事だ」

あづみが言うと、常彦もまた、すこし疲れた様子でうなずく。

「ぼくらの取り調べは終わって、渋沢先生のところにも身許の確認を取ったということだから、いつでも東京へ帰っていいそうだよ。輝子さんは、しばらくこちらに残ることになりそうだけど、もう、ぼくらが力になれることはあまりなさそうだ」

「わかりました」

「輝子さん、東京に戻ってきてくれるといいね」

「ええ、心から、願います。せっかく輝子さんのお母さんが、輝子さんに、ひとりで生きていける強さをくれたのだから」

なによりも、あづみにとって、はじめてできた友人だから。

また、なじんだ教室で、輝子に再会できることを願った。

さまざまな思いを胸にしまいこんで、帰りましょうか、とあづみは言い、常彦も同意する。

たった二日だけだったが、手崎村の民俗調査はこれで終了となった。


伊豆から東京へ向かう列車のなかで、あづみは、車窓から外の景色を眺めている常彦に声をかけた。

「林さん」

「なんだい？」

「輝子さんに調査を申し出たとき、林さんは、はじめからなにか気になっていたふうでしたね。手崎村の正体を、ある程度までは予想していたんですか」

車窓に向けていた視線をはずし、常彦はあづみを見つめてきた。陽気な男には珍しく、いつになく寂しげな表情をしていた。

「そうだよ」と、常彦は小声でこたえた。

「ぼくが生まれた島でも、昔、似たようなことがあったからね。あまり知られていないし、島の大人たちも好んで語ろうとはしなかったけれど、たしかに、あったらしい」

かの大戦中のことだ。

常彦が小学生の頃、ある年、異常気象でまったく雨が降らない夏があったという。雨が降らなければ、貯水池はたちまち底をつき、狭い耕地もまた干からびてしまう。戦時下で物の流通も滞りがちであり、島の人々はたちまち食べるものに困窮した。飢えて、明日をも知れぬほどに追い詰められた。

「そんなときに、島のある海岸で、南方へ向かう海軍の輸送船が難破した。そのあたりは、潮の流れが複雑で、暗礁群があるところだった。そして、大破した輸送船の一部と、積まれていた毛布や衣料、食糧が、島の海岸に流れ着いたんだ」

飢えていた島の人間は、波間を漂ってくる物や食糧を見つけたとき、救われたと歓喜した。船の乗組員には気の毒だが、これも天恵《てんけい》なのだと。

ところが、ことはそう簡単にはいかなかった。壊れた船体の一部に摑まって、ひとりの下士官が物資とともに浜辺に打ち上げられたからだ。

怪我《けが》を負ったものの命の助かった下士官は、流れ着いた物資を持ち帰ろうとする島の人々を、持っていた銃で脅した。

「これは前線に送る貴重な物資である。お国のために戦う兵士のものだ。きさまら民間人のためのものではない。物資はなにひとつ渡さない」

銃で脅された島の人々は、物資に手出しはできない。

だが、彼らはわかっていた。下士官が大きな怪我を負っていることを。治療《ちりょう》しなければ、やがて命を落とすであろうことを。だから島の人々は下士官に「積荷を譲ってくれたら手当をしてやる」と申し出た。

もちろん下士官は譲らなかった。

「きさまらの手当など不要。ここで助けの船が来るまで待つ。この物資は、かならず南方まで運ばねばならない」

島の人間の申し出を断った下士官は、流れ着いた物資を浜辺の一か所にかきあつめ、旗を立てて、仲間の救助を待った。しかし数日経っても助けは訪れなかった。三日が過ぎ、五日が過ぎ、大怪我を負った下士官はしだいに弱っていく。やがて起きていられなくなり、浜辺に倒れ、虫の息になっても、まだ助けを待ちつづけていた。

島の人々はどうしていたか――。

弱っていく下士官を、ただ遠巻きに見守っていたのだ。

「下士官と自分たち、どちらが先に力尽きるかの、根競《こんくら》べだったのだと思うよ。下士官は怪我がもとで死ぬかもしれない。自分たちは飢えで死ぬかもしれない。極限の駆け引きだった」

「それで根競べに勝ったのは？」

「どちらだったろうね」

苦笑しつつ、常彦はかるく首を振った。

「ぼくら子どもは海に近づくなと言われていた。だから、後に大人たちから聞いたところによると、浜辺にいた下士官は、ある日大波にさらわれて海に消えたそうだ。大量の軍事物資もろともに。だから、それからあとのことは知らぬ存ぜぬという。だけど、わかりきっていることじゃないか。島の人間は生きていて、当時の話をぼくに聞かせている。つまり、飢えから逃れて生き残ったということだ」

「そう、ですね」

みなまで言わずとも、あづみにもわかった。

島の人々は、弱った下士官を見殺しにし、物資を奪ったのだろう。そのおかげで、雨の降らない不遇な年を乗り切ったのだろう。

「ぼくは島の人たちを責めるつもりはないよ。飢えは、人々に理性をなくさせる。どんな惨《むご》いことでもさせてしまうんだ。ぼくが生まれた島はもともと豊かではなかったにし、貧乏人がほとんどだった。学校もろくに行けなくて、なにより空腹はほんとうにつらくて、下士官を見殺しにした人々の気持ちもほんとうによくわかる。だから、ぼくが我慢ならないのは……」

語気が荒くなったのに気づいたのか、常彦はそこまで口にして、深呼吸した。

夜中の最終便ゆえに、車両にほとんど人はいない。いても皆寝ているだろうから、聞いているのはあづみだけだ。

あづみに向けて、常彦は声音を落として語りつづける。

「ぼくが我慢ならないのは、ぼくが生まれた島や、輝子さんの手崎村で起こったできごとが、まるで遠い過去のことだと世間の人々が笑うことなんだ。違う。そうじゃない。貧しさにあえぎ、飢えに苦しむ人々は、いまの日本にもまだたくさんいる。高度経済成長だ、やれオリンピックだと盛り上がる国のなかで、かたや難破船を待ちわびる貧しい漁村のような土地が数多く存在することを、多くの人々は見ようともしない。それがいやなんだ」

「だから、林さんは、民俗学をつづけるのですね」

やっとあづみは気づいたのだ。

先日、網野善彦が言っていた、常彦が研究をする理由と、自分と常彦とのどこに大きな違いがあるのかを。常彦が、どこに向かおうとしているのかも。

ただ目の前にあらわれた事象の理由を調べ、成果を発表していく。それだけの自分とは、志《こころざし》が違うのだと思い知らされた。

　列車がレールと枕木を踏みしだいていく振動音が、やけに大きく響く車内で、あづみと常彦はしばらく黙り込んでいた。あづみは打ちのめされて言葉を発せなかった。なにも知らず、常彦に嫉妬していた自分が心底恥ずかしかった。

　うつむいてしまったあづみを、列車酔いでもしたと思ったのか、常彦は携帯《けいたい》していた水筒を差し出してくれる。

「あづみちゃん、大丈夫？　水でも飲むかい？」

「ごめんなさい、酔ったわけじゃないんです」

「そうかい？　変な話をしたから気分が悪かったかな、ごめんよ」

「いえ、違うんです。林さんの話に考えさせられてしまって……わたしは、なにも考えずに研究をつづけていたんだと思って」

「そんなことはないよ。まだ若いのに、立派にやっているじゃないか」

「わたしには、林さんみたいな志がありません」

「志というか、ただ貧乏がいやなだけなんだよ。幼い頃から苦労したからね。経済発展はいいことだと思うんだ。ただ豊かになるのなら、皆がその恩恵にあずかってほしいだけなんだ。地方格差を、すこしでもいいから縮めていきたいんだ」

「はい、わかります」

「地方の寒村では、道路すら通らない、電気や水道さえ通らない場所があることを知ってほしいし、高度発展の陰で、そういった場所がかえって見えにくくなっていることで、貧富の差がますます開いていくのが恐ろしいんだ。だから、地方のさまざまな風習、地域性を調べて、文章にして、知らせていきたい。日本各地の、あまり語られることのない民衆の歴史を、世に広めていきたい」

柔和な表情の下で、常彦は確たる意志を語る。

「ぼくは、貧しさゆえに、魂を売り渡してしまう哀しい人間を見たくないし、そういうものをなくしていきたいんだ」

そこにこそ、ぼくが民俗学をやる意味があるのだと、常彦は話をしめくくる。

語り終えた男の前で、あづみは気が遠くなる思いを抱いていた。

「この人に、いつか追いつけるだろうか」

——と。

そんなことを考えている間にも、車窓から見える景色がまばゆくなってきた。

夜の闇のなかに、都会の明かりが、遠目にも目につきはじめる。東京が近づいている。日々、周囲をすべて置いてけぼりにして発展しつづける虚構の街。

列車が終点に辿り着くまで、あづみと常彦は口をつぐんでいた。

明るくなってきた都会の街を眺めながら、あづみは考えていた。

常彦が民俗学の研究をつづける理由はわかったが、では常彦自身は、少年時代に具体的にどんな暮らしをしていたのか。民俗学をはじめる直接のきっかけはなんだったのか。細かなところまでは、まだわからない。いつかはすべての話を聞きたいと思った。

常彦のことを、もっともっと知りたいと、あづみは願っていた。

第三話　赤い馬這う故郷

あづみは、不思議な夢をよく見る。

研究に没頭しているときは、ことに多かった。なにかしらの民俗学調査に携《たずさ》わっているとき、その事象にかかわる人々が見聞きしたかもしれないことを、あたかも自分がその場にいたかのごとく見ることがあるのだ。見たものが真実なのか虚構なのかはわからないが、なぜか、ほんとうに起こったことだと思えてしまう。

この世に伝わる不思議や怪異のほとんどが、人の作為なのだと信じていながらも、なぜそんな夢ばかりを見るのか。

「わたしは矛盾《むじゅん》だらけだ」

と、夢を見たあとに戸惑《とまど》うばかりだ。

そして、今日もまた夢を見ていた。

赤い馬が出てくる夢だ。

この日がはじめてではない、過去にも、ときどき見ていた。

いつも同じところではじまり、おなじところで終わる夢だった。

夢のなかで、あづみは、やっと物心がついたくらいの少女の姿をしていた。四方を険しい山々に囲まれた見知らぬ村のなかにあって、息せききって走りつづけるあづみを、赤いたてがみに赤い体の馬が追いかけてくる。はじめは一頭だけだったものが、どこからともなく仲間を呼び寄せ、二頭、三頭となり、やがて十数頭にもなって迫ってくる。

すっかり息があがってしまったあづみは、ついに走れなくなって足を止める。たちどころに赤い馬に囲まれ、うずくまって泣き叫ぶことしかできなかった。

このまま自分は、赤い馬たちに踏みつけられて死ぬのだと思った。

覚悟《かくご》した直後だった。ふいに頭上から、赤い渦《うず》をかき分けて白い手がさしのべられる。

あづみは、白い手に必死に摑《つか》まった。力強くあたたかい手だ。その手を、自分の両手でしっかりと摑んだら、赤い渦のなかからいっきに引き上げられた。

「もう大丈夫だ」

赤い馬の群れから逃れたあづみは、優しい声音の男の人に抱き上げられる。

「大丈夫だから、もう心配はいらないよ」

わたしと一緒に行こう——と、男の人は言ってくれた。

救いの手の主は、渋沢敬三《しぶさわけいぞう》だった。

夢は、そこで終わる。

いつも、身がすくむほどの恐怖から、快い安堵《あんど》の気持ちを覚えて目が覚めるのだ。

六歳のとき、どこかの村で拾われたあづみが、屋根裏博物館《アチック・ミューゼアム》に来てから、ときどき見る夢だった。

あづみが渋沢敬三に拾われたのは、十年前、昭和二十四年のことである。

当時、あづみがどこに住んでいたのか、家族は誰だったのか、どんな境遇《きょうぐう》だったのか。まるで覚えてないし、敬三も教えてくれてはいない。

ふたりが出会ったのは、敬三が、日本各地を民俗調査で巡っていたときのことらしい。

敬三は戦後すぐに公職を追放され、昭和二十六年に復興の立役者として公務に復帰するまでの、たった六年ほどのうちに、現役中は多忙《たぼう》で手がつけられなかった民俗調査を精力的に行っていた。

「あの時代が、これまでの人生で一番楽しいときだったかもしれない」

後年、敬三が半生を振《ふ》り返《かえ》り、調査に奔走《ほんそう》した日々のことをよく語っていた。

調査に同行していたのは、敬三自身が民俗学同好会として発足した「柏窓社」という学会に所属《しょぞく》していた書生たちで、六年間の調査記録は、『柏葉《かしわば》』と銘打《めいう》った会報誌に詳しくまとめられ、少部数発行もされている。

近ごろのあづみは、屋根裏博物館の仕事の一環で、この会報誌『柏葉』の書架《しょか》整理と修繕《しゅうぜん》作業に当たっていた。季節が少しずつ進み秋の終わり、博物館の展示物の管理や調査旅行も一段落したので、普段はあまり点検できていない書庫の整理をしようということになった。書庫は博物館の地下にあり、これまで収集してきた調査資料をまとめたもの、参考文献などがずらりと並んでいる。

あづみは、『柏葉』の所蔵記録と、本体とを照らし合わせ、巻数が合っているか、順番通りに並んでいるか、資料そのものに破損はないか、一冊ずつ手に取って調べていた。そこで、自分が敬三に拾われた、昭和二十四年の調査記録を見返すことになった。

「昭和二十四年……先生は、北関東や信濃《しなの》方面の調査に行ってらしたんだ」

この年の『柏葉』の目次を開くと、敬三たちが赴いた場所の一覧が載っていた。そこから、群馬県や長野県の山村の実態調査を中心に回っていたことがうかがえる。つまり、この年の調査の途中《とちゅう》で拾われたということは、あづみは、このあたりの出身だったということになるのだろう。

「そうはいっても、なにも記憶はないのだけど」

まるで覚えていない自分の過去について、なにか触れられているだろうか。すこしだけ恐ろしく、すこしだけ興味《きょうみ》もあって、頁《ページ》を繰《く》り始めた。だが、途中からは調査記録そのものが面白くなってしまい、書架整理も忘れて、ついつい会報を読みふけってしまう。

　文面には、調査していた当時の日付、天候、一行の様子、泊まった場所、食事の献《こん》立《だて》、出会った人々、収集した話の詳細、手書きの地図、調査後記などが事細かに記されていて、まるで読み飽きなかった。印象深いのは、敬三が各地で撮影《さつえい》した写真の添付に特に重きを置いているところだ。写真があることにより、自分たちが見聞きしてきたものが、偏見《へんけん》なしにそのまま読み手に伝わるよう努めてきたことがわかる。

　日本にも、ついにカラーテレビ放送が一部導入されるという報道がなされている昨今だ。今後は、写真やテレビ画像といった、ひと目でわかる情報伝達方法が主流になるだろう。

　日本経済を担《にな》う渋沢敬三という人は、そうした時代の流れを、民俗学調査においても先取りしていたのかもしれない。

「渋沢先生らしいアプローチの仕方だなぁ」

　感心しきりに会報を読み進めていくうちに、あづみは、あるところで頁を繰る手をとめた。

　会報があとすこしで終わるというところで、詳細な記述があまりなく、写真も貼《は》られておらず、後記も書かれていない、調査記録の頁があったからだ。

「ここは……」

頁の主題として、『群馬県甘楽《かんら》郡小出村《こいで》』と書かれている。調査の日付は、昭和二十四年十月十一日。だが、あとは一行の文章が記されているのみだ。

『小出村に赤馬這《は》う』

たった、これだけだ。

「赤馬……が這う？」

短い文であるのに、ひどく気になる記述だった。

なぜなら、あづみは、赤いたてがみをした馬に囲まれる、不思議な夢を見ることが、ときどきあるからだ。だからなのか、その頁からしばらく目が離せなかった。

赤馬が這うとは、いったいどういうことだろうか。なぜ、この項目だけ写真がなく、記述もほとんどないのだろうか。

結論として、昭和二十四年に発行された会報には、あづみにかかわる記述はひとつもなかった。だが、あづみには、自身のことよりも、小出村という場所の短い記録ばかりが脳裏《のうり》に残りつづけた。その日の夜にまた見てしまったのが、赤馬に囲まれ、白い手に救われる、あの夢だった。

白い手の救い主——あづみの恩人である渋沢敬三は、今年で六十三歳になる。
名実ともに国の経済を担う重鎮《じゅうちん》だが、二年前、旅先で倒れて以来、体調を崩《くず》しがちになっていた。ときどき発作を起こしては、入退院を繰り返しながらも、体をだましだまし日々の激務をこなしている。国を担う責任の重さと、多忙過ぎる日々を送っているのだから、体が悲鳴をあげるのも仕方のないことかもしれなかった。

そんな忙しい折にも、この日、敬三は、あづみを食事に招いてくれた。わざわざ帝国ホテルのレストランを予約しておいてくれたのだ。ちなみに、明治時代の新時代の幕開けとともに、国賓の宿泊施設として考案されたこのホテルは、敬三の祖父《そふ》である、渋沢栄一《えいいち》も設立にかかわっている。

「すこし遅くなってしまったが、十六歳のお誕生日祝《いわ》いだよ」

ホテルに向かう車中で、小柄ながら恰幅《かっぷく》がよく、生来の気品をまとった壮年の男が、あづみにやさしく笑いかけてくる。

あづみの誕生日は十月十一日だった。明日から十一月だから、およそ半月遅れになるが、敬三の仕事の切れ目がなく、祝賀会が今日まで延びてしまったのだ。だが、あづみにとって日はどうでもよく、ただ敬三が祝ってくれることが嬉《うれ》しかった。

「お誕生日、おめでとう、あづみくん」

「ありがとうございます」

敬三を前にすると、あづみはいつも深い安堵に包まれる。自分の命の恩人であり、かつ敬愛する祖父と会っているという感覚だった。

じつは、十月十一日というのは、あづみの正確な誕生日ではない。ほんとうの誕生日がわからないので、あづみが敬三に拾われた日を誕生日としている。それから十年が経《た》つのだが、あづみにとっては奇跡の日でもあるので、忘れるはずもないし、敬三もまたどんなに多忙を極めていても覚えていてくれる。

高校の授業が終わってその日の夕方、敬三とともに、黒塗《くろぬ》りの車でホテルの車寄せに降り立ったあづみは、そのまま更衣室に連れて行かれ、制服を着替えさせられた。

あづみのために用意されていた白いレースのブラウスと、おなじく純白のフレアスカートに着替えると、もとから色白で西洋人めいた風貌《ふうぼう》のあづみにとてもよく似合った。

レストランに入ると、先に席についていた敬三がわざわざ立ち上がり、両手を広げて出迎えてくれる。

「やぁ、寸法もぴったりだね。よく似合うよ、あづみくん」

「うんうん、ほんとうだ。きれいだねぇ」

「……どうして林《はやし》さんもいるんですか」

敬三のとなりで、さも当然のごとく手を叩《たた》いていたのは、珍しくスーツを身にまとった林常彦《つねひこ》だった。

「わたしが招いたんだよ」と、敬三がにこやかに言うので、あづみは不満を口にできなくなってしまう。

「せっかくだから、林君にもお祝いしてもらおうと思ってね。ふたりは、今年の夏に一緒に調査に当たってから、数多くの成果をあげてきた。きっと相性がいいのだろう。だから、もっと親睦《しんぼく》を深めておくのも悪くないと思ってね」

「親睦……ですか」

楽しい食事のはずが、あづみはいっきに落ち着かない気分になった。

髪の毛をきれいに撫《な》でつけ、ダークグレーのスーツ姿の常彦が、自分とは縁遠《えんどお》い大人の男性に見えてしまったからだ。もちろん、ひとまわりも年上なのはわかっているし、妻子もいるのだから当然なのだが、いつものくたびれた服装とはかけ離れていて、まともに見ることもできない。

「さぁ、話はひとまず後だ。さっそく食事にしよう」

あづみの緊張とはうらはらに、穏やかな調子の敬三に促され、三人は食事を始めることにした。

店のなかに、客はあづみたち一組だけだった。あづみにとっては信じられないほどの贅沢《ぜいたく》だが、いつも仕事相手や側近たちに囲まれている敬三は、駆《か》け引きも緊張もない、心から安らげる空間がほしかったのかもしれなかった。

食前酒が出されたあと、西洋料理のフルコースが運ばれてくる。

前菜からはじまり、野菜を裏ごししたスープ、魚の香草《こうそう》蒸し、鴨肉《かもにく》のソテーとつづく。合間に、屋根裏博物館の活動のことなどを話し合いながら、和《なご》やかに食事は進んだ。コースの最後に、デザートとしてアイスクリームが出される。コーヒーで口直ししたところで、ゆったりとした談話が再開された。

「あれから、十年か……」

コーヒーの香気を楽しみながら、敬三はしみじみと言った。

「あづみくんも、うちに来て十年になるのだね。月日が経つのははやいことだ」

あづみもまた、うなずきながら言葉を返す。

「渋沢先生のおかげで、生きていけます。十年前、先生に出会わなかったら、わたしはどうなっていたことか。住む場所も与えてもらって、学校にも通わせていただき、なにからなにまで、ほんとうにありがとうございます。無事に学校を卒業したら、かならず先生のために働きますから。受けたご恩を返しますから。もうすこし待ってくださいますか」

あづみと敬三のやり取りを、常彦はコーヒーカップを片手に、黙《だま》って耳を傾けていた。なにか言いたげにかすかに眉をひそめていたが、けっきょくは口を挟《はさ》むことはしなかった。

だが、そんな常彦の思いを、敬三がすかさず代弁した。やさしく笑いながらだが、ややつよい口調だった。

「あづみくんは、そんなに気負う必要はないのだよ」

「え？」

「わたしのために働くとか、恩を返すとか、そんなことを気に掛《か》ける必要はない。そもそも恩を売ったつもりもないし、仕事を手伝わせたくて、きみを連れてきたわけではないのだからね。あづみくんが、やりたいこと、為《な》したいことを、精一杯やってくれれば、わたしはそれでいいのだから」

「でも……」と、あづみは戸惑いの声をあげる。

「わたしの願いは、わたしの生きる意味は、先生のお役に立つことです」

十年前、敬三に救われたあの日から、ずっと変わらないあづみの一途《いちず》な思いだ。

敬三はそれをわかっていて、あえて問うてくる。

「わたしのために働くとは、なにをするのかね？」

「学校を卒業したら、いまと変わらず屋根裏博物館で働きたいです。普段は研究になかなか携わることができない先生に代わって、わたしが一所懸命に研究をします。学校へ行かなくていいぶん、研究だけに時間を充てられますから、ぞんぶんに研究をして、屋根裏博物館の実績を高めてみせます」

「それ以外のことで、やりたいことはないのかな」

「ありません」

「高校生活はあと二年も残っているのだから、そんなふうにすぐに答えを出さずともいいじゃないか。きみの人生はまだまだ先が長く、しかも途方《とほう》もなく多様になり得るはずなのだ。焦《あせ》らずゆっくりと考えたほうがよいのではないかな」

「……」

敬三は、素直《すなお》で純粋《じゅんすい》で、それでいて、ものごとの多様性を見落としがちな若者の視点を、どうにか変えたいと思っているらしかった。

諭《さと》された若者のほうは、せっかく美しく着飾り、舌もとろけるほどの料理を堪能《たんのう》したあとだというのに、しょげかえってうつむいてしまう。

苦笑した敬三は、話を常彦に差し向けた。

「林くんはどう思うかね」

「ぼくですか？」

コーヒーカップをソーサーに戻して、常彦はしばし考え込んだ。ぼくは……と、すこし間をおき、間もなく明るい笑みを浮かべた。

「あづみちゃんの好きにするのが一番だと思いますよ。渋沢先生のために研究をつづけたいというのなら、それもよし。もっとも、渋沢先生がおっしゃる通り、あづみちゃんの将来は多様性に満ちていて、ほかの幸せだってたくさんあるのだとは思いますけど」

「多様性とか、ほかの幸せってなんですか？」

敬三に諭されているときはただ哀《かな》しかっただけだが、常彦に意見されると急に腹が立ってきて、あづみは刺々《とげとげ》しい調子で尋ねる。

常彦は飄々《ひょうひょう》とこたえた。

「たとえば結婚して家庭に入るとか、かな。あづみちゃんほどの子なら、どんな良家からも引く手あまただろうし。もちろん職業婦人を目指すのもいい。頭がいいのだから、才能を活《い》かさない手はない。なにも民俗学だけにこだわらなくても、もっと華やかな仕事もできるんじゃないのかな」

「屋根裏博物館の研究は自分がやるから、ほかの仕事を探せってことですか」

「そんなことを言っているんじゃない」

あづみが食ってかかるので、さすがの常彦も肩をすくめた。

「ぼくだって、あづみちゃんが、ずっと屋根裏博物館で研究をつづけてくれたら嬉しいさ」

「……」

「ぼくらがふたりで調査に当たれば、かなりの成果をあげられることが、この一年でよくわかったからね。これからも、きっとうまくいくだろう。ただ、きみほど才能豊かな子なら、屋根裏博物館だけに縛られる必要はないと言っているだけなんだ。ぼくは学もないし、才能にも乏しいから、いまの研究で精一杯だけど、あづみちゃんは違う。ほかにもできることが、たくさんあるってことさ」

「わかりました。すこし、考えてみます」

うなずきながらも、あづみは複雑な心境に陥っていた。同時に苛立《いらだ》ちも感じている。敬三にも常彦にも、これまでの研究成果を認めてもらえていることは、素直に嬉しかった。進路選択に幅《はば》があることも、本来は幸せなことであるはずだ。では、なぜこれほどまでに苛立つのだろうか。それは、「ほかにできることが、たくさんある」と、ほかでもない常彦に言われたからではないのか。

常彦は、自分には「学もなく」、「才能にも乏しく」、「いまの研究で精一杯」だという。だが、自らが望んだ場所で、名を確かなものにしつつあるのだから、十分ではないのか。学徒として、これ以上の幸せはないのではないか。

「何でもできるからと、屋根裏博物館から追い出されるより、よほどいいじゃないの」

常彦には常彦の事情があるはずだと、頭ではわかっているものの、若いあづみは、どうしても感情が勝ってしまう。

食後のコーヒーがいつもより苦く感じてしまい、あづみは自嘲《じちょう》した。

「わたし、勝手なことを言っているな」

あづみは気持ちをしずめたくて、テーブルわきにあるガラス窓に目を向ける。そこには、分不相応に着飾った自分が映っていた。世間の人々は、西洋人めいた美貌《びぼう》を称賛してくれる。頭の良さを羨《うらや》んでくれる。それでも、一番に望む場所に、望む相手と、いつまでもいられるわけではないのだ。そう思うと、ふいに泣きそうになった。

どうにか涙をこらえたあづみは、視線をテーブルに戻し、あづみの将来についてあれこれ話し合っている敬三と常彦とを交互に見つめる。ふたりとも、あづみにとって大切な人だった。自分の正直な思いを打ち明けて、困《こま》らせるべきではないと思った。

だからあづみは笑顔を取り繕い、

「わたしのことを心配してくださって、ありがとうございます」

と、告げた。

「先生がおっしゃる通り、高校生活はまだ二年ありますし。ゆっくり考えますね。その二年のうちに、新たにやりたいことも見つかるかもしれませんし。だから、それまでは、いままで通り学校に通いつつ、研究をつづけさせてください」

あづみは精一杯、平静をよそおっていた。

あと二年もあると言ったが、あと二年しかないと言うこともできる。いつまでも敬三の庇護《ひご》のもとで甘《あま》えているわけにもいかないから、二年のうちに将来の道を見極め、独り立ちできるまでにならなければいけない。

そして、せめてあと二年は、屋根裏博物館で調査研究に没頭したいとも思っていた。敬三の、常彦のそばにいるためには、それしかないのだから。

帝国ホテルでの誕生会のあと、あづみは、いよいよ本腰を入れて「自分なりの道を見つけなければ」と思いはじめていた。二年という時間は、若いあづみにとっては、ひどく短く感じられたからだ。

将来の道を決めるためには、また独り立ちするためには、やはり自分の過去をもっとよく知るべきだと思い、自身の出生について調べることにした。どこで生まれ、どのように育ち、なぜ敬三に拾われたのか。もちろん、あづみの過去についてあまり語りたがらない敬三には隠れて、ではあったが。

数日前にたまたま読んでしまった会報『柏葉』のなかで、「赤馬這う」と書かれていた、小出村のことも気になっていた。調査記録がほとんど書かれていなかったのには、なにかわけがあるに決まっている。そして、あづみがときどき見る赤馬に追われる夢のこともある。自分があんな夢を見るのは、「赤馬這う」と書かれた小出村に何らかのかかわりがあったからではないのか。渋沢敬三に拾われた経緯《けいい》にもつながるのではないか。そう思えてならなかった。

「ひょっとしたら、小出村というところが、わたしの生まれた村なのかもしれない」

あづみが、ここまで己《おのれ》のアイデンティティを知りたいとつよく思いはじめたのは、独り立ちのためはもちろん、「郷里《きょうり》のために民俗学を研究する」という常彦の姿勢に感化されたからかもしれなかった。

都会における高度経済成長の陰で、見過ごされがちな地方の寒村。それら地方の民衆史を調べ、世間に発表しつづける。いずれこの地道な作業が、地域格差や貧富の差をなくし、平等に発展していける世を作る。そんな思いを抱いている常彦は、自分が生まれた場所のことも、自分自身のことも、地方寒村の美点も欠点も、よくわかったうえで研究をしているのだ。同じ民俗学を研究する者として、あづみも、常彦とおなじ感覚を身につけたかった。

自分の今後のためにも、また民俗学をつづけるためにも、自分のことを知らねばならなかった。

「とはいったものの」

あづみは、すぐに行き詰まってしまった。

自分の出生について、どうやって調べるべきか。「赤馬這う」村のことを教えてくれと、敬三に直接聞けるわけもない。なにを手掛かりに調べればよいのか、はじめから途方に暮れてしまった。

「後見人である渋沢先生のほかに、頼れる身近な大人はいないの？」

お茶《ちゃ》の水《みず》女子大学附属《ふぞく》高等学校の教室で、いまや、あづみの唯一の友人となった土《つち》田輝子《だてるこ》が意見した。

輝子はおよそ一か月前に実家がある南伊豆《みなみいず》の手崎《てさき》村である事件に巻き込まれ、調査が終わるまで学校を休んでいたのだが、数日前からやっと復学してきた。

事件にかかわっていた父親や村人たちは、いまだ取り調べを受けている最中だが、当面のあいだ輝子を保護《ほご》する役割は、実父から東京に住む叔母《おば》にうつり、やっと平穏な日常が戻りつつあるところだった。

大変なことがあったばかりの輝子だが、「もう、ふっきれたわよ」と、当人は意外と元気そうで、ふたたび登校してきてからは、あづみとよく話をする間柄になっていた。

「自分の出生のことを知りたい」というあづみに、輝子は親身になって話を聞いてくれる。

「あづみさんの後見人になるにしても、渋沢先生がさまざま役所に届け出をしているはずだから、詳しいことはそこでわかるはずなのよね」

「わたしみたいな高校生が役所に行って教えてもらえるものかしら」

「それが難しいかもしれないから、誰かほかに信頼できる大人がいないかってことなのよ」

「信頼できる大人、ねぇ」

友人も少なければ、もちろん「頼れる大人」なるものも身近にほとんどいないあづみだ。それでも、ひとりだけ心当たりがないわけではないのだが、私的なことを頼むのは、すこし気が引けた。

代わりに輝子が「林さんはどうなの？」と、候補をあげてくれる。

「林さん？」

「そうよ。あの人なら信頼できるんじゃない？　あづみさんと何でも話せる間柄だし、わたしのことにも親身になってくれたし。それに、大人だし。役所の人にも掛け合ってくれるかもしれない」

「林さんは、ちょっと……」

あづみが言葉を濁《にご》すと、輝子は首をかしげた。

「どうしたの。あんなに仲がよさそうだったのに。林さんは優しいから、きっと力になってくれると思うのだけど」

「それはそうだけど。林さんに頼んだら、きっとすぐに渋沢先生にも知られてしまいそうで」

「あぁ、そうか」

天井《てんじょう》を仰《あお》ぎ見ながら輝子はため息をもらしていた。その様子を見て、あづみは微《び》笑《しょう》を浮かべる。

「でも、もうひとり心当たりがあるから、機会を見てその人にお願いしてみるつもり」

「うん、ぜひそうしてみて」

あづみがうなずいたあと、授業開始の鐘が鳴りはじめたので、教室のほうぼうに散らばっていた生徒が、各々の席に着きはじめる。窓際に立って話をしていたあづみもまた、自分の席に向かったのだが、あわてて輝子が声をかけてきた。

「ねえ、あづみさん、大丈夫？」

「なにが？」

「困ったことがあったら、ひとりで我慢《がまん》しないでね。いつもだったら林さんに相談できるのだろうけど、今回は、事情が事情だもの。もしなにかあったら、いつでも話してね。わたしなんか、話を聞くだけでなにもできないかもしれないけど」

輝子の申し出に、あづみは驚くとともに、不思議な感動が胸に広がるのをおぼえていた。それはこれまで感じたことのないものだった。目上の人間から気遣《きづか》われたり、力を借りたりすることはよくあったが、対等の立場の少女が、心から自分のことを心配してくれることが、こんなに嬉しいものだとは思いもよらなかった。

これまで敬三が、あづみの出生について教えてくれなかったのは、つらいできごとがあったからなのだろうと想像はつく。だが、いまは子どもから大人へとさしかかり、過去を受け容《い》れる器もできたのではないかと思う。だからといって不安がないわけではない。そんな不安を汲《く》んでくれるのが、友人なのだと、わかったのだ。

あづみはおもわず満面の笑みを浮かべていた。誰しもが見惚《みと》れてしまいそうな美しい表情だ。

「ありがとう、輝子さん」

心からの感謝の言葉だった。


けっきょくのところ、あづみは自身の出生を調べるために「もうひとりの心当たり」を頼ることにした。

それは、かつての屋根裏博物館の同僚《どうりょう》であり、いまは都立高校の教員をしている網野善彦《あみのよしひこ》だった。心当たりどころか、これ以上はないくらい頼りがいのある大人だ。いまは屋根裏博物館とは一線を画しており、かつ、あづみの境遇についても熟知《じゅくち》してくれている。くわえて紳士《しんし》で口も堅い。

「渋沢先生には黙っていたほうがよいのですね？」

あづみがみなまで言わずとも網野は事情を察し、出生届や戸籍《こせき》などを調べることを承諾してくれた。

「わたしがこの話を受けるのは、あづみくんを一人前と認め、自身のことはきちんと知っておくべきだと思うからです。渋沢先生がこれまで事情を隠してこられたのは、それなりのわけがあるはず。だから、あづみくんにとって不都合なことがわかってしまうかもしれない。その覚悟はできていますか」

網野に念を押され、あづみは「はい」と深くうなずいた。

「覚悟はしています。いつかは知らねばならないことですから。学校を出て、独り立ちして働くことになれば、いやでもそういうことになるでしょう」

「わかりました、そこまで言うのなら、わたしが役所に掛け合ってみましょう」

「お願いします」

――もう後戻りはできない。どんな事実がわかっても、すべて受け止めなければ。自分自身に言い聞かせながら、あづみは、出生調査に力を借してほしいと、網野にあらためて頼み込む。

そして――依頼をしたつぎの週の日曜日。

あづみが部屋で宿題をしていると、階下にある管理人室から「あづみちゃん、網野先生から電話だよ」と、林常彦の大きな声が聞こえてきた。

宿題をほうりなげて、あづみはあわてて階下へおりていく。開け放たれた戸から、管理人室へ飛び込み、常彦に尋ねた。

「網野さんからですか？」

「うん。珍しいね、なんの用事だろう」

「ええと、たぶん……網野さんに文献資料を探してもらっているから、そのことかもしれません」

信じてもらえたかどうかはわからないが、とっさの言い訳をしたあづみは、常彦のいぶかしげな視線を気にしつつ電話に出た。

「お待たせしました、あづみです」

『こんにちは、網野です。この前のことですが、だいたいのことは、わかりましたよ』

電話越しに、網野の落ち着いた声が聞こえてくる。あづみは息をのんで、つぎの言葉を待った。

『詳しいことはまた直接会って話そうと思うのですが、渋沢先生が、きみのもともとの戸籍を残していてくださっていたようです。田中《たなか》あづみというきみの名は、本名です。生まれは、群馬県甘楽郡にあった小出村というところです』

『群馬県甘楽郡小出村』と聞いて、あづみは、やはりと思った。

会報誌『柏葉』、昭和二十四年の版にほとんど記述がなかった村は、予想通り、あづみの生まれた村だったのだ。興奮《こうふん》に体が震えそうになるが、そばに常彦がいるので、できるだけ平静をよそおって念を押した。

「たしかに、その名前の村なんですね」

『ええ、そうです。ただし……』

「なんでしょう」

「あづみくんが生まれた小出村は、もう存在していないそうです」

甘楽郡では、昭和三十年に近隣町村の合併により、小出村の付近の町村が下仁田《しもにた》町に統合されている。だが、小出村がなくなったというのは、合併のせいではないらしい。集落そのものが、いまは消失してしまって、かつて村があった場所には誰ひとり暮らしていないということだ。

「そう、でしたか」

『あづみくんは十年前に渋沢先生のもとに来たのだから、そのくらいのときか、すこし前に、村が閉じられたのでしょう』

「わかりました」

あづみは、自分が生まれた村がなくなってしまった事実を、冷静に受け止めていた。

敬三が話をしたがらないということは、なにかしらの理由で村がなくなり、あづみの帰る場所も、もはやないであろうことは、ある程度想像がついていた。なにかしらの理由というのも、あまりよくないことなのかもしれない、と。

「なくなったわけは、なんだったのですか？」

『それがわからないそうです。下仁田町の役場にも問い合わせてみましたが、いますぐにはこたえられないとか。四年前の町村合併のときに、古い資料が散逸してしまって、紛失してしまったものもあるらしく。もしなにかわかった場合には、追って連絡してもらうことになっています。もうすこし待ってみましょう』

「わかりました。本当に助かりました。何から何まで、ありがとうございました」

『あづみくん、まさかとは思いますが』

電話の向こうで、網野が心配そうに釘《くぎ》をさす。

『いますぐに、小出村のことを調べに行こうなどと思っていませんよね』

「………」

『だめですよ。とりあえず先方から連絡があるのを待ちましょう。そしてなにかわかったとしても、渋沢先生に知られたくない気持ちは察しますが、ひとりで行くのはいけません。調査旅行に慣れているきみのことだから、ひとりでも大丈夫だと思うでしょうが、行くのなら、かならず誰かと一緒に行くこと。いいですか』

「……はい」

『ほんとうですか？　約束してくれますか』

「お約束します。かならず」

すこしの沈黙《ちんもく》のあと、電話越しに網野のため息が聞こえてきた。

『今回のこと、ご協力すべきではなかったかもしれませんねぇ。あづみくんにもしものことがあったら、わたしは渋沢先生に申し開きが立たない』

「わたしは大丈夫ですから。ご忠告、ほんとうに感謝します。網野さん」

網野の言葉はまだつづきそうな気配だったが、あづみは気づかぬふりをし、あわてて電話を切った。

群馬県甘楽郡下仁田町へあづみがひとりで出かけたのは、学校の期末考査を最優秀の成績で通過し終えた直後だった。成績優良となれば、学校をたびたび休もうとも、あまり文句も言われない。そう見込んでのことだった。

網野からは、

「もうすこし待つように。ひとりで行ってはいけない」

と言われていたのだが、どうしても待っていられなくなった。

待てない理由ができたからだ。

網野に自身の出生のことを調べてもらったあづみは、数日後、ある一本の電話を受けた。

『下仁田町役場の、金井《かない》といいます』

電話口の声は、まだ若そうな男の声だった。それよりも、男が名乗った地名のことが、あづみには驚きだった。下仁田町役場といえば、小出村のことを調べるために、網野が当たってくれたところだからだ。

「もしかして、わたしの出生のことがわかったのかしら」

あづみは勢い込んだが、ふと我に返る。それならば、直接調べた網野に連絡があるはずだ。

いったいなにごとだろうかと警戒《けいかい》したが、先方から意外な申し出があった。

『突然に連絡をさしあげて申し訳ございません。じつは屋根裏博物館で発行しておられる、民俗学の会報誌についてお聞きしたいことがあり、ぶしつけにもお電話させていただきました。ご担当の方はいらっしゃいますか』

「会報というのは、『柏葉』のことでしょうか」

『はい、そうです。じつは当役場で地方史編纂《へんさん》業務を行っており、『柏葉』に書かれている調査記録を一部転載させていただけないかと思い、連絡いたしました。恥《は》ずかしながら、あいつぐ町村合併の混乱でこちらの資料も散逸しており、うまくまとめられていません。屋根裏博物館にご協力いただければ大変助かるのですが』

聞けば、下仁田町役場では、近年つづいた町村合併を機に、下仁田町に吸収された地方の沿革や歴史資料を一冊にまとめる業務が発足したとのことだ。ところが、引き継ぎがうまくいっていないこともあり、各地方に残っていた資料が一部紛失してしまい、まとめきれていない。そこで、十年前に下仁田地方を民俗調査に来ていた渋沢敬三たちの記録を目に留め、いまはなくなってしまった村や町について書かれた記述を、一部、転載させてくれないか、許可をいただきたいのだという。

事情を聞いたあづみは、おもわず、

「わたしが担当者です」

と、よどみなく答えていた。

渡りに船だと思った。いまはなき小出村のことを調べるためにも、自身の出生を知るためにも、すこしでも現地とのつながりがほしいと思っていたところだ。地方史編纂に協力するためといえば、敬三や網野たちも調査旅行を許してくれるのではないか。

そうした思惑もありつつ、逸《はや》る心で、金井という男との電話をつづける。

「下仁田町のあたりの調査記録といえば、昭和二十四年に発行された会報をご覧になったのですね？」

最近になって『柏葉』を読み込んでいたあづみは、担当者然として問い返していた。

先方も「そうです」と元気にこたえてくれる。

『はい、昭和二十四年の会報です。渋沢先生ご一行は、碓氷峠《うすいとうげ》を中心に、下仁田町のあたりも綿密に調査されていたようで。ぜひご協力願えればと』

「じつは、わたしどもも、下仁田町のほうへ調査の協力をお願いしようと思っていたのです」

『どういうことでしょう？』

「ご覧になった会報のなかで、甘楽郡小出村のことを記載《きさい》した項目があったと思うのですが、その部分だけ、どういうわけか調査記録が少なく曖昧《あいまい》なのです。昔の担当者が博物館を去っているために、理由もわからずそのままにしてあったのですが、最近になって、こちらでも資料の再編纂を行っており、小出村のことを調べ直そうということになりました」

『小出村……あぁ、なるほど、あの頁ですね。なるほど』

「つきましては、会報の記録を提供《ていきょう》するかわりに、旧小出村の再調査を、下仁田町役場でご協力いただけないでしょうか」

『いまはなくなってしまった村ですが？』

「わかっています。それでも、旧小出村があった場所も、明確な地図が残っていませんので、すこしでも記録を上書きできればと思っています」

『……承知しました。上と相談してみますので』

「よろしくお願いいたします」

念を押して、電話を切った。

「不思議な縁もあるものだ」

受話器を置いたあづみは、しみじみと感じ入る。

だが、不思議とはいえ、この好機を逃す手はない。すぐにでも先方へ赴くことを決めていた。

普段ならば、こんな独断は行わないところだ。だが、いまのあづみは焦っていた。自分のことを知りたい、将来の道をはやく定めたい。はやく何者かになりたい。若さゆえの焦燥《しょうそう》が、思考を鈍《にぶ》らせていたのかもしれなかった。

翌日、「調査にご協力します」という下仁田町役場からの返信があり、あづみは、後見人の敬三に許可を得る間もなく、すぐに列車の手配をした。


吐く息も白くなった早朝。あづみは、上野《うえの》駅から群馬県にある高崎《たかさき》駅行きの始発列車に乗り込んだ。高崎からは上信電気鉄道に乗り換え、終点の下仁田駅で降りる算段だ。そして下仁田町役場を訪ね、あづみが生まれたとされる小出村の痕跡《こんせき》を探すつもりだった。

上野駅で鉄道に乗り込んでしばらくすると、あづみはすこし心許なさをおぼえはじめていた。

思えば、ひとりで旅行に出かけるのは一年ぶりくらいだ。この一年は、調査旅行といえばかならず林常彦が一緒だった。以前はひとりで遠出するくらい何ともなかったはずが、いつの間にか臆病《おくびょう》になってしまったのだろうか。

「情けないな」と、あづみはつぶやく。これでは一人前になるなど、ほど遠い。独り立ちするためには、もう一度、ひとりに慣れなければならないとも思っていた。

「これも、いい機会かもしれないな」

今回の調査旅行が、自身をもとの状態に戻すいい機会だと思い直し、あづみは四人掛けの席にひとりでゆったりと腰掛けた。車窓から、白んできたばかりの空を眺《なが》めながら、今回の調査旅行の計画を考える。

午後には現地に着くはずだ。下仁田駅に着いたら町役場に出向き、消失した小出村の話を聞くことになっている。可能ならば、車を調達してもらい、小出村があったであろう場所の近辺を見て回る。村の跡地を見つけられれば申し分ない。あとは近隣の住人に話を聞くことができれば上等だ。今回は、それくらいで帰京すべきだろう。今日の調査旅行は、あづみの独断だった。あまり長く東京を留守にしていると、敬三に知れてしまうかもしれないからだ。

「明日までに、どうにか帰ってこられるといいのだけど」

となると、なかなかの強行軍になりそうだ。ろくに休憩《きゅうけい》時間もとれないだろう。

なるべく時間を短縮すべく、食事や休憩は移動時間にすませるべきかもしれないと思ってから、そういえば弁当を忘れてきたことに気づいた。いつもなら、調査旅行に同行してくれる常彦がよく弁当を作って来てくれたため、うっかり忘れていたのだ。

あづみは肩を落とす。この一年で、つくづく常彦に頼り切るようになってしまったのだと哀しくもなった。

「困ったな、どこかで食べ物を調達しないと。高崎に着いてからになってしまうかな」

「お握《にぎ》りはいかがですか、お嬢さん」

ふいに背後から手が伸びてきて、目の前に紙袋があらわれた。驚いて背後を振り返ると、座席越しに見知った顔が覗《のぞ》いていた。

「林さん？」

「ぼくを置いて調査旅行に行ってしまうなんて、つれないなぁ、あづみちゃん」

おなじ車両に乗り込んでいたのは、まぎれもなく林常彦だった。いつものごとく遠出にしては鞄《かばん》のひとつも持たない軽装で、着古した開襟《かいきん》シャツとスラックスの上にレインコートを羽織《はお》っているだけである。

そんな常彦が、お握りが入っているらしい紙袋をぶらさげて、にこにこと笑っていた。

「遠出するには腹ごしらえが必要だよ」

「どうしてここにいるんです？　いえ、言わなくてもわかります。網野さんが裏切ったんですね？」

「裏切っただなんて、そんなふうに言うものじゃない。きみのことを心配していればこそじゃないか。要は、渋沢先生に知られなければいいわけだろう？　それだけは約束するから、ぼくも同行させておくれよ。さてさて、小出村まではずいぶんと遠そうだ。まずはお握りを食べて、それから作戦を練ろうじゃないか」

「小出村のことも、わたしのことも、全部聞いたんですね？」

うん、と常彦は悪びれることもなくこたえた。

「いけなかったかい？」

「いけなかったというか、しごく私的なことなので、わたしひとりで調べるべきだと思っているだけです」

「きみひとりの問題ではないだろう？『柏葉』の再編纂のために、現地調査を行う。立派な博物館のお仕事じゃないのかい？」

「そこまでご存じなんですね」

「ふふふ、ぼくは博物館の管理人だからね」

もしかしたら、先日の下仁田町役場の担当者との電話を、どこかで常彦に聞かれていたのかもしれない。抜け目ない相手に警戒の目を向けていると、後方の座席から立ち上がった常彦が、あづみが座っている四人席に移動してきた。

となりに座り込むと、スラックスのポケットからしわくちゃになった紙切れを取り出した。いつものことだが、常彦は貴重品でも資料でも、ポケットに入りそうなものはそのまま突っ込むだけだ。この癖《くせ》だけは、あづみも直してほしいと常々思っていた。

常彦はしわをのばしながら紙切れを指し示した。それを見て、あづみは「あっ」と声をあげる。

「これは『柏葉』の記事じゃないですか」

「そうだね。昭和二十四年の会報、そのなかの一部を書き写したものだ」

常彦が写しとして持っていたのは、民俗学の会報誌『柏葉』の昭和二十四年版、しかも、あの「赤馬這う」小出村のことが書かれた一行だ。

「『柏葉』はじつによくできた調査報告書だが、なかには、ほとんど記述がなく未完成なところがある」

そのひとつが、小出村の項目なのだと常彦は熱をこめて語った。

「調査記録がこの一文だけなんて、あんまりだ。屋根裏博物館の職員として、これは見過ごすことができない。そうだろう？」

「………」

「渋沢先生にも、あとからそう説明しておこう。調査資料は完璧《かんぺき》にしておくのが、ぼくらの仕事だものね。あづみちゃんの出生地とされる場所が、たまたま一緒になったと、ただそれだけだ」

「たまたま、ですか」

「たまたまだよ。ぼくとしては、この会報に書かれた小出村が、あづみちゃんの生まれた村であろうと、なかろうと、どちらでもいいんだ。とにかく、『赤馬が這う』という不思議な現象がいったい何を指すのか。いったい小出村がどこにあったのか。民俗学者として、そこが気になるね。なんらかの事情で渋沢先生も調査を打ち切ったのかもしれないし、屋根裏博物館としても、調べるに値するものじゃないかと思うんだ。だから、あづみちゃんの私的なことは別にして、ぼくには調査旅行に同行する動機が十分にあると思うが、どうだろう」

　やや強引な常彦の言い分を聞き終えたあづみは、苦笑しながら、肩から力を抜いた。

　あづみが拒んだところで、常彦はなにかと理由をつけて、ついてくる気満々であることがわかったからだ。そして、こうも思っていた。常彦は、あづみに気を遣わせまいとしてくれているのだ、と。けっきょくあづみは、常彦や網野といった近しい大人たちに心配ばかりかけている子どもなのだ。独り立ちしたくても、まだまだできそうもない半人前なのだと、思い知らされる。

　だから、あづみは観念して、常彦から握り飯を受け取った。

「事情はわかりました。屋根裏博物館の調査で、たまたま行き先が一緒だったということなら、仕方ないですね。とにかく、腹ごしらえをして作戦を練りましょう」

「そうこなくっちゃ」

「それより、林さん」

「なんだい？」

　屈託《くったく》なく笑う常彦を、あづみは横目で睨《にら》む。

「今回のこと、渋沢先生もご存じなんじゃありませんか？」

「まさか。渋沢先生からの指示で、この資料を読んで、調査に出かけることになったってわけじゃ決してないさ」

「ふぅん、そこまで言うなら、そういうことにしておきますけど」

　そっぽを向いて、あづみは心のなかで、この場にいない敬三に詫《わ》びた。

　敬三も、いつかはあづみに過去のことを話すべきだと思っていたのかもしれない。もうすこしあづみが大人になってからと、機会を探っていたのかもしれなかった。我慢ができず、勝手に調べに出てしまったことを、心から申し訳ないと思った。

　だが、申し訳ないと思いつつも、自身のことを知りたいという欲求には逆らえそうもない。調査の先になにがあろうとも、受け容れる覚悟ができた。

あづみと常彦のさまざまな思いを乗せて、上野発の列車は、順調に目的地へと向かうのだった。

碓氷峠は、群馬県と長野県の境にある、標高が一千メートル近くある険しい峠だ。中山道《なかせんどう》が通り、江戸時代には、五街道のひとつとして人や荷駄が頻繁《ひんぱん》に行き来し、近隣に関所も置かれた要所であった。道筋の標高差と、つづら折りの急峻《きゅうしゅん》な坂道、また山からの落石などによって難所とされてきたが、関東と信州・内陸方面を結ぶ便利さが勝り、人通りは絶えなかったという。戦時中も、この峠道を使った牛馬による物資輸送が頻繁に行われ、存在価値は大きかった。

そんな旧中山道を車窓から眺めつつ、あづみたちは長野方面へと向かう。いよいよ険しい山間部だ。古来よりの難所でありながら、存在の重要性から幾度《いくど》もの改修が行われてきた路線である。列車は軋《きし》みをあげながら坂道をのぼりつづける。標高が高くなっている証《あかし》に、線路の周囲に生い茂る植物の種類が変わっているのがわかった。外気との寒暖差により車窓も曇りはじめ、目的地が近いことを知らせてくれる。

数十分後、下仁田駅に着くと、あづみたちは列車から降りた。

降りた途端、体を包む冷たい空気におもわず身震《みぶる》いする。あづみは薄手のコートを持ってきていたが、常彦はシャツにレインコートを羽織っているだけなので、寒さにけてやる。
震えているありさまだ。仕方がないので、あづみは持参していたマフラーを常彦にか
「ありがとう、あづみちゃん」
「風邪《かぜ》を引かれても困りますから」
そんなやり取りのあと、まず手始めに、切符を回収している駅員に、
「このあたりに、小出村という村がなかったか」
と尋ねてみる。あまり期待はしていなかったのだが、駅員は首をかしげてしばらく
考え込んだあと、左右に大きく首を振った。
「さぁ、聞いたことがないねぇ。ほんとうにこのあたりにあった村なのかい？」
「そういう話を耳にして来てみたのですが」
「おれは生まれてからずっとここにいるけど、聞いたことがないねぇ。どうしても知
りたいなら、役場に聞いてみるのがいいかもしれないね」
四十歳くらいに見える下仁田町で生まれ育った駅員も、小出村の存在を知らないと
いう。となると、探索も一筋縄《ひとすじなわ》ではいきそうもない雰囲気だ。
覚悟をしつつ、あづみたちは駅から歩いて役場に向かうと、さっそく地域課に立ち
寄り、「旧小出村」の調査に赴いたことを告げた。
受付に出てきた中年女性は、「小出村」のことを耳にすると、たちまち表情をこわ

ばらせ、奥にある職員席をかえりみてから、

「金井くん、例の人たちが来たよ。あとはまかせたから」

と、明らかにかかわりあいたくないとばかりに、ぶっきらぼうに同僚を呼び寄せた。

「あ、遠いところをどうも」

席から立ち上がって受付に出てきたのは、まだあどけなさが残る二十歳《はたち》くらいの若者だった。

あづみは、担当者の想像以上の若さに驚いたし、金井という若者も、美貌の女子高生の出現に、顔を真っ赤にして直立不動になっていた。

「お、お待ちしてました。おれ……いえ、わたしが先日お電話さしあげた金井です。さっそくですが、応接室へご案内します」

緊張しながらも、あらためて金井洋平《ようへい》と名乗った若者が、あづみと常彦を役場の応接室に案内してくれた。そこで、地方史編纂のことや、現地調査の相談をするということらしい。

応接室に入ると、二組あるソファのうちのひとつに、中年女性がひとり座って待っていた。

「はじめまして、金井ふみえと申します」

ソファに座っていた小柄な女性は立ち上がり、丁寧に頭をさげて名乗ってきた。金

井という姓からしてもしやと思ったが、ふみえという、おだやかな微笑をたたえた女性は、洋平の母親だという。言われて見れば、優しげな目元におもかげがあるかもしれない。

「説明もないまま、母を連れてきてしまってすみません」

先ほどよりはすこし砕《くだ》けた口調になった洋平は、あらためて、あづみたちに母親を紹介する。

「じつは、最近はじまった地方史編纂事業で、うちの母も実行委員のひとりになっているんです。そこで、あづみさんの話をしたら、母も会いたいと言うもので。というのも、母は、いまはなくなってしまった村の出身なんですよ」

「いまはない村というのは、まさか」

「はい、わたしは小出村の出身です」

にこやかにほほえみながら、洋平の母——ふみえは自らの出身地を明かした。

小出村の出身者を前に、あづみの体には緊張が走る。もしかしたら、あづみは幼《おさな》い頃に、目の前の女性に会ったことがあるのだろうか、と思ったからだ。だから挨拶《あいさつ》もそこそこに、ふみえに詰め寄った。

「あの、わたしのことを、ご存じではないですか？　おそらく五歳か六歳まで、小出村にいたはずなのですが」

「あなたは、当時のことを覚えていらっしゃらないの？」

「はい……残念《ざんねん》ながら、なにも記憶がなくて。最近まで小出村の出身であることも知りませんでした。それでも、そろそろ進路を考えなくてはならない年になったので、わたしが信頼している方にお願いして、出生のことを調べてもらい、もともとの戸籍が、小出村にあったことがわかったのです」

　そういうことだったのね、とふみえは胸に手を当ててつぶやいた。

「だからなのね。いえね、うちの息子《むすこ》のところに、近ごろ東京から、小出村のことを知りたいという問い合わせが何度かあったそうなので」

　おそらく網野からの問い合わせだろう、とあづみは思った。地方史編纂を進めている洋平のところに、網野から小出村のことで問い合わせがあり、洋平のほうでも小出村ほか下仁田地方の民俗調査を記録した『柏葉』のことを調べていた。このことを、編纂委員だった洋平の母親が知った。しかも、母ふみえ自身が、もともと小出村の出であるという、できすぎなほどの偶然《ぐうぜん》が重なった、ということだ。

「これは、あなたにぜひ会わなくてはと思っていたのよ、あづみさん。だから、こうして押しかけてしまったの。ごめんなさいね」

「いえ、とんでもないです。わたしこそお会いできて嬉しいです。その……ふみえさんは、小出村がどうしてなくなったのかご存じなのですよね？　ほかの村の人たちは、いまどうしているのでしょうか」

　あづみが問うと、ふみえは眉をひそめ、残念そうにかぶりを振った。

「あまりお力になれず心苦しいのだけれど。わたしは小学校を卒業すると、山のなかにあった小出村を出て、麓《ふもと》の学校に通い始めたし、二十歳のときには下仁田町の男性のところ――洋平の父親のところにお嫁に入ってしまって、以来、小出村には一度も帰っていなかったの。あづみさんが生まれる前には、すでに村からいなかったはず」

「……そう、ですか。では、村がなくなるときも？」

「ええ、廃村になったことは、村がなくなってから数年後にわたしの耳に入ったの。しばらく経ってから、一度、村の跡地に行ってみたことはあるのだけど、家の土台や、わずかな痕跡がちらほらと残っているだけで、当時のおもかげがわかるものは、ほとんどなにもなくてね」

　つらい話でごめんなさい、というふみえに、あづみは力なくうなずき返していた。

「いえ、わかりました、そういうことだったんですね」

「でも、わたしも今回、地方史編纂事業の委員として協力することになったので、小出村のことを、もう一度よく調べてみるつもりなの。だから、あづみさんとも、力を合わせて一緒に調べて行けたら嬉しいわ。同じ村の出身者として、とても心強い」

　ふみえが手を伸ばしてきて、あづみの手を取り熱っぽく語るので、あづみもまた、ふみえの手を握り返した。

「もちろんです。わたしも、調査にご協力します」

「ありがとう。それにしても……」

ふみえがほほえみながら、あづみの顔をじっと見つめてくる。

「わたしだけが、小出村の唯一の生き残りかと思っていたけど。もうひとり、生き残っていた人がいたのね。嬉しいわ。同郷の人とは、もう誰とも会えないと思っていたものだから」

そう言って、ふみえは涙ぐむ。

あづみも目頭が熱くなってきた。

それをかたわらで見ていた洋平も、こらえきれずに鼻をすすっていた。

「これもなにかの縁かもしれませんね。下仁田町で地方史編纂事業がはじまって、あづみさんは『柏葉』の再調査を進めていた。お互いに、小出村のことを調べようとしていた。会うべくして会うことになった、いい機会だったかもしれない。ね、母さん」

「ええ、そうね」

嬉しそうに語る息子に対し、ふみえもまた目元をぬぐいながらうなずいている。

「ほんとう、これもめったにない、不思議なご縁かもしれないわね」

下仁田町役場の応接室で、あづみと常彦は、金井親子を相手に、今後の相互協力について一時間ほど話し合うことになった。

「今後の方針がある程度決まったことと、小出村の縁者が見つかったということで、今回は、渋沢先生への報告のためにも、一度東京へ戻ったほうがよくないかな」

一時間ほどの話し合い中、ほとんど発言することのなかった常彦が突然意見したので、あづみはむきになってこたえた。

「せっかくここまで来たのですもの、もう一日取って、小出村の跡地だけでも見て行きませんか？」

「どうやって？」

ふみえの話によると、小出村の跡地は、下仁田駅前から車で二時間近くかかる深い山中にあるという。廃村へ出ている路線バスなど当然ないので、足がない。一度東京へ戻り、敬三にきちんと許可を取ってから、あらためて万端の準備をして現地調査をしたほうがよいというのが、常彦の意見だった。

応接室の隅であづみたちが小声で言い合っていると、帰り支度《じたく》をしていたふみえが声をかけてきた。

「明日でよければ、わたしの車で跡地まで案内しましょうか？」

その申し出に、あづみは「ほんとうですか？」とこたえ、常彦は押し黙った。

　ふみえは、ほほえみながらこたえる。

「今日はもう遅いから、小出村の跡地まで行くことは難しいでしょう。ここから、一時間半から二時間近くかかるから。だから、明日の朝でよければ、わたしが車で送ってもよいのだけど」

「お願いしてもいいですか？」

「ぜひ、そうして行ってくるといい」

　この一時間の会合ですっかり気を許したのか、洋平が、本来の若者らしい物言いで賛同してくれる。

「わざわざ東京から来たんだから、見たい場所があれば、ゆっくり見てまわったほうがいい。おれも明日、仕事を休んで一緒に行こうかな」

「あなたはだめよ、大事な会議があるって言っていたじゃない」

「あぁそうか」

　母親にたしなめられた洋平は、残念そうに肩をすくめている。ふみえは、そんな息子にあきれ顔を向けてから、あらためてあづみに申し出た。

「わたしはこれといった用事もないし、いまちょうど夫が町内会の旅行で出かけて留守にしているから、言ってしまえば暇なの。だから、遠慮《えんりょ》はいらないから、小出村の跡地へ行ってみない？」

「よろしくお願いします。ぜひに。ねぇ、そうしましょう、林さん」

あづみに同意を求められた常彦だが、いまだ渋っている様子だった。

「でも今日は泊まるところをどこも手配していないよ。いますぐ駅に向かえば、最終の東京行きに間に合うと思うのだけど」

「泊まる場所ならば、うちにいくらでも空いている部屋があるよ」

常彦の意見に、すぐさま洋平が言葉をかぶせてくる。どうしても、あづみたちを、いや、厳密《げんみつ》に言えばあづみだけを帰したくないのだろう。

「あづみさんたちに泊まってもらってもいいだろう？　母さん」

洋平が言うと、ふみえはすこし考えて、あづみたちが自宅《じたく》に泊まることを快諾《かいだく》した。

「そうねぇ、こんな時間から東京に帰っても夜中になってしまうでしょうし。駅前の宿もいまから取れるかわからないし、うちに泊まってもらったほうがいいかもしれない。大したお構いはできないけれど」

「決まりだ」と洋平が言うそばで、あづみは、さらに常彦に頼み込む。

「お願い、林さん。わたし小出村の跡を見てみたいんです」

あづみが畳《たた》みかけると、ため息をついた常彦は「仕方ないな」と、ついに観念する。

「あづみちゃんがそこまで言うのなら、お言葉に甘えさせてもらおうか……」

「そうしましょう」

こうして、あづみと常彦は、この夜は金井家に泊まらせてもらうことになった。

洋平はまだ勤務時間中なので、あづみと常彦だけが、ふみえの車で先に金井家へと赴くことになった。

後部座席にあづみと常彦を乗せ、ふみえが運転する車が役場の駐車場から出ていく。国道を走り、駅前の繁華街を抜けるとすぐに農道に入り、そのまま電灯がほとんどない暗いあぜ道を進んだ。

車内で、あづみがあらためて礼を言う。

「ふみえさん、今夜のことはありがとうございます。ほんとうにお願いしてもよかったのですか？」

「あの子も言い出したら聞かないから」と、ふみえは息子が招いた事態に苦笑いをしながらこたえた。

「きっと、あづみさんにいい恰好《かっこう》がしたかったのね。そういう年ごろだから。主人がいたら、お断りさせてもらっていたかもしれないけれど、今日は特別。小出村の出身者どうしですものね。助け合わなければ」

「ありがとうございます。助かります」

「いえいえ、どういたしまして」

車はあぜ道をしばらく走ったのち、さらに間道に入り山道をのぼりはじめた。「我が家もなかなか山のなかよ」と、慣れた調子で、ふみえは運転していた。車のヘッドライトしか頼るものがない暗がりで、しかも片側が崖《がけ》という細い山道で、ためらいもなくのぼっていけるのは、通い慣れた道だからだろう。

「あづみさんは」

急峻になったのぼり坂でアクセルをめいっぱい踏みながら、ふみえが運転席から問いかけてくる。

「小出村のことを覚えていないそうだけど、ご家族のことも、すこしも記憶にないのかしら？」

「はい」

あづみは、一度だけ常彦のほうを見て、ふみえの問いにこたえた。

「村のことも、家族のことも、すべて。後見人をしてくれている方からも、なにも聞かずにいましたから」

「後見人の方も、あづみさんにつらい思いをしてほしくなかったのでしょうね。生まれた村がなくなっているなんて、哀しいものね。あづみさんも苦労したわね」

「いえ……わたしは苦労なんて。なに不自由なく育ててもらい、学校にも通わせてもらって、わたしは恵まれています。ありがたいことです」

「ふぅん、そうなの。立派な方が後見について、よかったことね」

バックミラー越しに、ふみえが、後部座席にいるあづみの姿をちらと見つめてくる。鏡を通しているからなのか、一瞬だけ、視線が険しくなったかに見えたのだが、あづみは気づかぬふりをした。すると、となりに座ったまま無言のままでいた常彦が、反対にふみえに質問を投げかけた。

「ところで、ふみえさんにお尋ねしたいのですが」

「なにかしら」

「ふみえさんは、小学校を卒業したときに村を出たということでしたけど、小出村へは一度も帰らなかったのですか」

「ほとんど帰らなかったわね。麓から小出村へ行くのには、遠くて骨が折れたし。二十年前にいまの家に嫁いでからは、一度も帰っていないかもしれない」

「どうしてですか。村にご親戚《しんせき》や知り合いがいたのでは？」

常彦はなおも問いかける。ずいぶんと立ち入った質問なのだが、ふみえは、いやがる素振りも見せず返してくれる。

「それは、わたしの父も、わたしが嫁いだあと麓へおりてきたからなの」

「お父さまが」

「ええ、わたしの母は、わたしが幼い頃に亡くなってしまい、ほかに兄弟もなかったから、父ひとり娘ひとりの家庭だった。父親も高齢になっていたことだし、行き来も不便だから、父にも山からおりてきてもらったの。いまから行く金井の家に、離れを作ってもらって、晩年の父にそこで過ごしてもらった。わたしはほかに親戚もいなかったし、早くに村を出たから友達もほとんどいなかった。だから、小出村へわざわざ帰る機会もなくなってしまったの。そもそも、ほら、嫁いだばかりの頃は、舅《しゅうと》姑《しゅうとめ》や夫の世話や、子どもの世話で、目が回るほどの忙しさでしょう。小出村のことを考えている余裕《よゆう》なんてなかったわね」

「なるほど、おっしゃる通りですね」

だから——と、常彦はなおもつづける。

「十年前、小出村がなくなってしまったことも、しばらく知らなかったわけですか」

「そういうことになるわね。まさか、あんな事件が起こるなんて、思いもよらなかった。いくら縁遠くなったとはいえ、生まれた村がなくなるのは哀しいことだわ」

十年前に小出村で起こった事件。ふみえの口から出た不穏《ふおん》な言葉に、あづみと常彦はかすかに息をのむ。

「小出村がなくなったのは、なにか事件のせいなのですか？」

「……………」

「だから、小出村のことを調べに来たと言ったときに、町役場の人が、あまりいい顔をしなかったのですか」

「そろそろ家に着くわ。詳しいことは、また後でゆっくり話しましょう」

役場を出てから三十分から四十分ほど走っただろうか。合併前は馬山《まやま》と呼ばれていた集落に辿《たど》り着く。乗用車がどうにか這《は》い上がれる急勾配《きゅうこうばい》をやっとのことで上がり切ると、目の前に茅葺《かやぶき》の屋敷が見えてきた。この辺りでは、いまだに残る古くからの家屋形式だ。かつて養蚕《ようさん》をやっていたと思われる入母屋造《いりもやづく》りで、風通しをよくするため二階の壁にも一面窓がしつらえてあり、屋根の上には、さらに煙り出しの高窓も見えた。敷地内には離れや蔵も建っており、一見しただけでも、手広く養蚕や農業を行ってきた豪農であったことが窺《うかが》い知れる。繭の出荷もしていただろうから、車を所有しているのもうなずけた。

「寒いでしょう、すぐに暖房を入れるわね」

あづみたちを板敷の客間に案内したふみえは、急いで石油ストーブに火を点《とも》す。役場があった麓からすこし標高があがっただけで、冷え込みは格段に厳《きび》しかった。また、広い家なので、暖まるのにも時間がかかる。

「お茶を淹《い》れるから、すこしゆっくりしていてちょうだい。わたしは夕飯の支度をしてしまうから。そのうち洋平も帰ってくるでしょう」

ふみえが、夕飯の支度をしているあいだ、あづみと常彦は寒さのあまりストーブの前を離れられなかった。それから一時間もしないうちに洋平が路線バスで帰宅し、居間で四人で夕食となる。

「簡単《かんたん》なもので申し訳ないけど」

と言って出されたのが、朝方、ふみえが自ら打っておいたという、うどんだった。大皿に、小分けにしたうどん玉が載せられ、各自に野菜と豚肉が入ったあたたかいつけ汁が出される。つけ汁にうどん玉をひたし、ほぐして食べると、温かい汁のうまみが冷えた体に広がり、この上なく美味《おい》しく感じられた。あまりに美味しいので、あづみでさえ、五玉のうどんを平らげたほどだった。

「わたし、こんな美味しいおうどん食べたことありません。東京では出汁《だし》にうどんを入れて煮込んだものが多いですけど、こちらではつけ汁なんですね」

あづみが満足のため息をもらすと、ふみえはお茶を淹れなおしながら、嬉しそうに笑っている。

「そうね、つけ汁でいただくことが多いわね。うどんは、農家が忙しいときに作り置きしておくと便利だからといって、嫁いできたときにみっちり姑に仕込まれてね。おかげで、いまは粉や水も目分量で作れるようになった」

二十年前に金井家に嫁いできたというふみえは、生まれ育った小出村に一度も戻らなかったそうだが、家業が忙しいのも理由のひとつだと語っていた。

「嫁いでから小出村がなくなるまでの十年間、出産や、養蚕業に追われて、生まれ故郷に帰るゆとりなんてなかった。姑が生きていた頃の養蚕は、春に夏に秋、それこそ休む間もないくらいの忙しさで。養蚕をやっていないときも、蚕室の修繕やら、田畑の手入れ、子どもと義理の両親の世話で大わらわだったのよ」

いまはやっと落ち着いたけど、とふみえは、にこやかにほほえむ。身振り手振りで当時のことを話す様子は、じつに朗らかであったが、その小さな手は皮が厚く傷だらけで、若いときの苦労が見て取れた。

山間部の集落に暮らす女性の逞《たくま》しさに、あづみは感じ入ってしまう。

「わたしも小出村にずっといれば、ふみえさんみたいに、うどんを打ったり、養蚕をしたり、田畑に出たりしていたんでしょうね」

「……そうね」

「小出村のことはまるで覚えていないですけど、そんな暮らしも、悪くなかったのかもしれません」

なにげなく、あづみがつぶやいた直後だった。ふいに、ひび割れた物音が居間にひびく。あづみの言葉を聞いて、ふみえが手に持っていた湯飲み茶碗を落としたのだ。

洋平相手にべつの話をしていた常彦も、物音に驚き、ふみえの足元に目をやる。板敷の床《ゆか》には、湯気《ゆげ》をあげた茶の染みが広がり、陶器の破片《はへん》が散乱していた。

「母さん、なにをやっているんだよ」

洋平が立ち上がり、台所から布巾を持って戻ってくる。足元の汚れを拭き取り、手際よく陶器の破片を片づけはじめた。

「手が滑ったのかい？」

「ええ、そう、手が滑ったの」

息子の問いかけに曖昧にこたえて、ふみえは、「申し訳ないけど」と、席から立ち上がった。

「明日のこともあるし、わたしは先に休ませてもらおうかしら。今日はいろいろお話しして疲れたのかもしれない」

「ええ、ぜひそうしてください」

あづみと常彦もあわてて立ち上がり、ふみえを促した。ふみえは、すこし力ない笑みを浮かべて、部屋をあとにする。

「小出村のことは、また明日、出かけながら詳しくお話しするわね。お風呂と、部屋の支度は洋平にさせるから。ふたりとも遠慮なくゆっくり休んでちょうだいね」

「ありがとうございます。おやすみなさい」

「おやすみなさい」

ふみえが自室に引き取ったあと、すこしだけ世間話をつづけたあづみたちは、「明日も早いから」と早々に休むことになった。ふみえと洋平、家人の自室は二階にあり、客間は一階の和室だ。襖《ふすま》でしきられた二部屋に、あづみと常彦は、それぞれ割り振られ、いよいよ明日行くことになる小出村へ思いを馳《は》せながら、夜を過ごすことになった。

その日の夜は、ひどく長く、いつもより深い闇に包まれているかに、あづみには感じられた。

用意してもらった布団にもぐりこみ、目をつむってみるが、なかなか寝《ね》つかれない。襖の向こうで横になっているはずの常彦はどうしているだろうかと思った。もう眠ってしまっただろうか。まだ起きているだろうか。起きていたとしたら、なにを考えているだろうか。そんなことを想像しはじめると、目が冴《さ》えてますます眠れなくなった。

「林さん、あきれているかもしれないな」

いまになって思い返せば、この一日は、ずいぶんと我儘《わがまま》を押し通してしまったと反省しきりだ。

おそらく常彦は、あづみの行動などすべてお見通しの渋沢敬三に言われて、ここまでついてきてくれたのだろう。あづみが旅先で無茶をしないよう、無事に帰ってこられるように、と。それがわかっていて、あえて小出村跡まで足を延ばそうとしている。

　勝手に調査旅行に出たというだけで叱られて当然なのに、渋沢敬三、網野善彦、そして常彦、優しい大人たちに甘え切って、迷惑ばかりをかけているのだ。

「わたし……すこし焦り過ぎていたのかな」

　はやく自分の道を見つけたい。はやく何者かになりたい。常彦に追いつきたいと、自分のことばかりを優先してしまったことこそが、未熟《みじゅく》さのあらわれではないのか。いまさらながら身もだえするほど恥ずかしい思いにかられる。

　あづみが布団のなかでしきりに寝返りを打っていると、

「あづみちゃん、起きているのかい？」

　物音に気づいたのか、襖《いと》の向こうから、常彦の声が聞こえてきた。おもわず、あづみは跳《は》ね起きて、寒さも厭わず布団から這い出た。部屋を仕切る襖に近づき、こちらも小声で問いかける。

「林さん、すこし開けていいですか？」

「どうぞ」と返ってきたので、あづみはおそるおそる襖を開けた。暗がりのなかで、常彦は身を起こしていて、掛け布団を掻《か》い巻《ま》きのように羽織っていた。

「眠れないのかい？　じつはぼくも緊張して眠れないよ」

「林さんもですか」

「うん」

暗くてはっきりと表情は見えないが、それだけに、常彦の優しい声が耳に心地よかった。

あづみは、自分も掛け布団を肩から羽織って、常彦のとなりに座り込んだ。

「今日は、すみませんでした」

「どうして？」

「勝手に調査旅行に出てきたばかりか、無理を言って、ここに留まることになってしまって。頭を冷やしてみると、林さんの言う通り、一度東京に戻って、あらためて準備をしてから小出村のことを調べるべきだったと思います」

「まぁ、いいよ」と、常彦はかるい笑い声を立てる。

「こうなることも予想して、ぼくも一緒についてきたのだからね」

「予想していたんですか」

「自分のことを知りたいと思うのは、当然じゃないか。ぼくが、あづみちゃんの立場だったら、やっぱり同じことをしたかもしれない。すこしばかり無茶をしても、小出村の跡地を見て行こうと思っただろう。でもね、やっぱり、無茶をすると、危険《きけん》はつきまとうんだよね」

「どういうことですか」

肩に掛けた布団を引き寄せながら、常彦はさらに声をひそめた。

「ふみえさんの口ぶりだと、小出村がなくなった理由というのは、相当に不穏だという気がしてならないんだ」

「かもしれませんね。役場の人たちも、あまりかかわりたくなさそうでしたし」

「それだけではないよ。昼間、役場ではじめて会ったとき、あづみちゃんに、ふみえさんが言ったことを覚えているかい？」

「え……なんでしたか？」

「『わたしだけが、小出村の唯一の生き残りかと思っていたけど。もうひとり、生き残っていた人がいたのね』と、あの人は言ったんだよ。つまり、小出村の人間は、ふみえさんとあづみちゃんのほかは、死に絶えてしまったと考えるべきじゃないのかな」

あづみは息をのんだ。暗がりのなかに、かすかに浮かんで見える常彦の横顔をじっと見つめる。

その視線に気づき、常彦は、視線をあづみのほうに向けてきた。

「ぼくらが、これから調べようとしていることは、そういうことなんだ。渋沢先生が、会報にほとんど村のことを書かなかったわけは、そこにあるんだよ。そして、たったひとつ記述があった『赤馬が這う』の意味とは、きっと、とてつもなく、よくないことだ」

それでも行くのか、と常彦は問いかけてくる。

あづみは、凍りついてしまったかのように唇《くちびる》を動かせなくなった。それは、寒さのせいではない。恐怖のせいだ。

「あづみちゃん」

無言のままでいるあづみに、常彦は小声でありながらも、力づよく言った。

「ぼくがいるよ」

「林さん……」

「それでもきみが行くというのなら、ぼくが、どこまでも一緒についていく。だから、恐《こわ》くても勇気を持って」

「わたしは、行ってもいいんでしょうか。行って、ほんとうのことを知って、堪《た》えられるでしょうか」

つい弱音を吐くあづみのもとへ、常彦が、肩から羽織った布団から手を伸ばしてきた。常彦の右手が、あづみの左手を握る。

「これから先も屋根裏博物館で研究をつづけていきたいのなら、研究をする意味を見つけたいのならば、行くべきだ。小出村《みいだ》がなくなった理由を知り、自身のことをもっとよく知れば、これからの生き方を見出すことができる。自分が与えられた環境《かんきょう》のなかで、いかに、よりよく生きることができるかをね。そこにこそ、民俗学をつづける理由がある」

常彦の言葉が、いまは、あづみにもよくわかった。

世間から認められるためではない、渋沢敬三に恩返しするためでもない、常彦に追いつきたいからでもない。あづみという人間が、屋根裏博物館にいる意味と、民俗学をつづける理由を、いまは見つけるべきなのだと思った。それができてはじめて、他人のために、研究を通してなにかができるのではないか。

あづみは、常彦の手をしっかりと握り返していた。

「お願いです。明日は、ずっと一緒にいてください」

「もちろん。きみを無事に東京に連れ帰るまで、ぼくが、できるかぎり力になるよ。渋沢先生とも約束したからね」

夜は、静かに更けていった。


夜が明けた。

金井家に泊まらせてもらったあづみたちは、朝方、「やっぱり、おれも一緒に行きたい」と渋る洋平を仕事に送り出して、ふみえの車で旧小出村へ向かうことになった。

小出村跡は、昨晩のうちに、地図でだいたいの場所を確かめてあった。

下仁田駅前から車で三十分ほど走った、馬山集落よりもさらに山深いところ、旧中山道沿い、碓氷峠の手前くらいだ。地形を見たところ、まわりを山々に囲まれた狭《きょう》小《しょう》な集落だったようだ。

あづみたちは、いまから地図から消された村に向かうのだ。

午前十時過ぎ、ふみえが運転する車に乗り込んだあづみたちは、かつて小出村があったとされる山奥を目指して出発した。一時間ほどで目的地に着くはずだから、跡地を巡って、手近に話を聞けそうなところがあれば話を収集してから、午後の早めの時間には帰ってくるつもりだった。下仁田駅から東京方面に戻る最終列車が午後四時過ぎだから、それに乗りたいと思ったからだ。

出発して二十分もしないうちに、車は、国道から細い山道へと入っていく。対向車などがやって来れば、すれ違うことができないほどの狭さだ。しかも道の側面に防護《ぼうご》柵《さく》がないので、踏み外せば谷底へ真っ逆さまとなるだろう。

「一時間ほどは、延々とのぼり坂よ」

運転しながら、ふみえは言う。

「わたしが一度小出村跡まで行ってみたのは、村がなくなった後だから、おそらく十年近く前のことになるかしら。それ以来だから、倒木や土砂崩れなどで、村への道が塞《ふさ》がれてないとよいのだけど」

「当時、ふみえさんは、どうして小出村の跡地へ行かれたんですか？」

後部座席に座っていた常彦が、すこしだけ身を乗り出して尋ねてみる。

山道のカーブに沿ってハンドルを切りながら、ふみえはこたえた。

「父から小出村がなくなったことを知らされて、ひどく驚いてしまってね。小出村を出てから長い年月が経っていたし、同じ村内での縁談を断り、金井の家に嫁いでよかったと思いつつも、かつての知人たちの行く末を考えると、素直に喜べなくて。昔暮らしていた場所はどうなったのか、村の人たちはどうなったのか。村の跡地を、一度、見ずにはいられなかったの」

「昨日の話のつづきですが、小出村がなくなったのは、なぜなんですか?」

「……」

常彦のとなりに座っていたあづみが、さらに問いかける。

「ふみえさんは、ご存じなのですよね。小出村がなくなってしまったのは、『赤馬が這った』せいなのでしょうか」

「……ええ、そうね」と、ふみえは暗い声でつぶやいた。

「まさに、小出村がなくなった理由は、『赤馬が這った』からよ」

「それは、いったいどういう現象なんですか」

「跡地へ行って、見てみれば、わかるかもしれない。わたしの口から言うのは、すこしつらいわ」

この話は、ここでいったん途切れた。

以後も、延々とゆるやかなのぼり坂がつづいた。つづら折りの坂をのぼりつづけ、しだいに薄暗い森深くへ進んでいく。道もさらに狭くぬかるみへと変わっていく。あまりにも車が揺《ゆ》れるので、あづみはたちまち車酔《よ》いをしてしまう。

「すこし車を止めてもらっていいですか」

しばらくして、あづみが音を上げたので、いったん停車し、休憩を取ることになった。

「いつも、乗り物酔いなんて、ほとんどしないのですけど」

「今日は緊張しているのかもしれないね。待って、水筒を持ってきたから、喉《のど》をうるおしたほうがいいかもしれない」

一度車外に出た常彦が、水筒を取りにまた車に戻っていく。

あづみは、停車した車からすこし離れたところにある、見晴《みは》らしのいい道端に座りこんだ。

「きれいな景色だなぁ」

小一時間ほどで、どれほどの高さまでのぼってきたのだろうか。目の前に、林立した木々の間から見える山が幾重にも連なる風景が広がっている。不思議なほど心動かされるのは、「自分が生まれた場所は、こういうところなのだ」と感じているからかもしれない。

景色を見ながら、ひんやりとした山の空気を吸っていると、すこしだけ気分がかろやかになった。

そのときだ。

「東京育ちのお嬢さんは、こんな山深いところに来たことがないから、驚いたでしょう」

道端に座りこんでいたあづみに声をかけたのは、やはり運転席から出てきたふみえだった。あづみは座ったまま振り返り、かたわらに立つふみえの姿を見上げる。

「いいえ、調査旅行では、ときどきこういう場所に立ち寄りますから。いつもだったら、乗り物酔いなんてほとんどしないんですけど。今日は、どうしたのか。ご迷惑をかけてすみません」

「あらそうなの」と、ふみえはにこりとほほえんでいる。だが、なぜかその笑みが、どこか無理やりにつくった表情に見えて、あづみは薄気味悪くなった。ついで、ふみえがはなった言葉のせいで、一瞬だけ頭が真っ白になる。

「あなたみたいな、きれいに着飾ったお人形めいた娘が、男どもにちやほやされて、ままごと同然の研究調査でもしているんでしょう。結構なご身分で羨ましいこと」

「え……？」

「小出村のことを調べに来たのも、あの、林さんとかいう男に、同情されたいからなの？　だったら、うってつけよ。よかったわね」

「……………」

聞き間違《まちが》いかと、あづみは思いたかった。だが、目の前に立つふみえの暗い微笑を見ていると、そうではないのだとわかる。あまりのことに思考が止まり、なにもこたえられずにいると、やがて水筒を持った常彦がやってきた。

「お待たせ、あづみちゃん。一服しよう」

「……………」

「わたしは先に車に乗って待っているから、落ち着いたら、出発しましょう」

常彦がやってくると、ふみえは黙り込んでしまったあづみから目をそらせ、なにごともなかったという体で、車の運転席に乗り込んだ。

その小柄な後ろ姿を見送りながらも、あづみは、なにも声をかけられなかった。けっきょく、水筒を持ってきてくれた常彦にもなにも言えず、水を一杯飲んだだけで、自らも車に乗り込む。

以後も、あづみは車酔いがひどくなり、ときおり停車したり、またしばらく進んだりを繰り返したので、ほんとうならば一時間半ほどで着くはずの行程が、かなりの時間を要してしまった。やっとのことで目的地に着いたときは、正午をはるかに過ぎていた。冬場なので日も短い。標高が高いせいもあるかもしれないが、すでに夕方間近に見える深い色の空になりつつあった。

「たしか、このあたりだったはず」

かなりの時間をかけて細い坂をのぼりきったところで、ふみえがやっと車を止めた。

「あぁ、やっぱり。ここが小出村だったところね。うっすらと景色を覚えてる」

車から降りたふみえが、あたりに目を凝らしながらつぶやく。

かつて小出村があったという場所は、周囲を幾重にも連なる山々に囲まれたところだった。ただし、この山間の集落跡にはいくつもの道が交叉している。群馬県と長野県をつなぐ中継地で、交易の拠点ともなっていたので、近隣の各村とつながっていたのだ。

ふらつく足取りで車を降りたあづみと、それを気遣い寄り添う常彦もまた、かつて集落があった土地に足を踏み入れた。

「なるほど、ここが小出村跡ですか。反対側に見える山道をくだっていけば、いずれ長野県に入るということですね」

あづみが、集落跡の入り口付近にたたずんだままなかなか動けずにいるので、常彦が、足元に生い茂る藪《やぶ》を踏みしだきつつ、先に集落跡に入ったふみえに問いかけた。

「そうね。昔は、ずいぶんと交易のために人が通ったらしいのだけど。戦時中も物資を運ぶ重要な道で、こんな山道では大きな車が通れないから、牛馬で物を運んだそうよ」

小出村があったとされる山深い土地の一帯に踏み込んでみたものの、あづみの故郷であると確かめるための、現存している家屋はひとつも残っていなかった。かつて人が住んでいたであろう、かすかな痕跡があるのみだ。あとは雑草におおわれ、野ざらしになっている。

常彦とふみえが話し合うのをよそに、あづみは、ふたりから距離を置いて、ひとりで集落跡を見て回る。どこかしらに昔の記憶を呼び起こすものが残っていないかと思ったのだが、すぐには見つからなかった。

「家のことも、家族のことも、記憶にないんですもの。たとえ住んでいた家の跡があったとしても、わかるわけない……か。ましてやこの状態では」

村があった痕跡とおぼしきものは、生い茂った雑草のなかに、家屋の土台らしきものがちらほら見かけられるのと、かつて使われていたであろう井戸の残骸《ざんがい》が残るのみだ。これだけでは、村の区割りがかすかにわかるだけで、建っていた家の特徴などわかりようがない。

「村がなくなって十年。たった十年で、かつて交易で栄えたという村が、なぜ、ここまでなにもかも消え失せてしまったのだろう」

十年という年月はけっして短くはないが、村の痕跡が自然に風化してしまうのには、やはり早すぎる。村が消えたのには、自然消失以外の、なにかわけがあるはずなのだ。

あづみは身をかがめ、家の土台跡を、さらに間近で観察した。そこで気づいた。不思議なことに、土台跡や井戸の残骸などが、いずれもひどく黒ずんでいることに。十年前の痕跡であるから、ただ雨ざらしになって黒ずんでいるだけかとも思えたが、間近でよく見ても、苔《こけ》や腐食での変色ではなく、焼け焦げたゆえの黒ずみであるかに見えた。

「これは、焼けた跡、かしら」

焼け焦げたらしい家屋の土台を見たあと、あづみは、さらに、ひとりで集落の真ん中に歩を進めた。枯れ色の雑草のなかに立ちすくみ、周囲を眺めまわす。

「小出村……赤馬の、村」

そこから見えたのは、傾きかけた陽の光に照らされ、生い茂った雑草が朱《しゅ》色に染まっている光景だった。朱色の雑草が、山の風に吹かれてなびき、まるで生き物のごとく揺らめいている。それはまるで、赤い炎が村全体に広がっているかのようだった。

「赤馬が、這う」

あづみは、おもわずつぶやいていた。

——赤馬が這うぞ！

昔、幼い頃あづみが聞いた絶叫が、耳にこびりついて離れなかった悲鳴が、忘れたつもりになっていた絶望の声が、ふいによみがえってきた。

赤馬とはなにか。

赤馬が這うとは、いったいどんな現象なのか。

十年前、小出村にやってきたであろう渋沢敬三たちは、ここでなにを見たのか。

そして――なぜ、あづみは、赤いたてがみをもった馬に追われる夢をよく見るのか。

「あっ……」

「どうかしたの、あづみさん」

当時のことをかすかに思い出しかけたと同時に呼びかけられ、あづみはあわてて振り返った。背後に、体が触れそうなほど近いところに、ふみえが立っている。

先ほどまで、ふみえは集落跡の入り口あたりで常彦と話していたのではなかったか。

それが、いつの間に背後にまわってきたのか。あまりに驚いたので、あづみは小さな悲鳴をあげていた。だが、あまりに小さな声だったので、遠くで跡地を見てまわっている常彦には届かない。

あづみがもう一度声をあげる間もなく、ふみえがさらに詰め寄ってきた。

「あわてちゃって、どうしたの、なぜ逃げるの。なにか思い出したの？」

「いえ、その……」

――この人は、やはり、どこかおかしい。

あづみは思っていた。昨日、役場ではじめて会って、金井家にお邪魔《じゃま》し、小出村にやってくるまでの道中も、ひしひしと感じていたことだった。

ただの思い過ごしかとも思った。だが、そうではない。

間近に迫る、暗い微笑を浮かべたふみえの表情を見るにつれ、疑《うたが》いは確信に変わっていく。

自分は、ふみえに画策されて、まんまと小出村跡まで連れてこられたのではないか――と。

「ふみえさん」

「あづみさん、なにか思い出した？　村がなくなった理由がわかった？」

「村は、火事で焼けたのですね？」

「ええ、そうよ」

ふみえは、ゆっくりとうなずいていた。

「そうでもなければ、あれほど栄えていた村が、ひと晩のうちに消え失せたりはしないわね」

「大火事のことを、『赤馬が這う』と呼ぶのですね」

冬の日差しはさらに低くなり、朱色の日の光があたり一面を照らすなか、あづみは、大火事で焼失した在りし日の小出村に思いを馳せた。

「そして、村中を覆《おお》いつくした大火事から逃げ延びたのは、わたしとふみえさんだけだった」

あづみは両手で顔を覆った。

赤馬に追い駆けられ、囲まれ、蹂躙《じゅうりん》される夢は、まさに十年前に小出村で見た景色そのものだったのだ。忘れたくとも、忘れられるわけもない光景。幼い頃に目に焼き付いた恐怖だ。

赤い炎のなかから救い出してくれた、白い手によって、封じられてきた記憶だった。

「ふみえさんも、忘れていたかったことですよね。なかったことにしたかった記憶ですよね。それなのに、わたしなんかが小出村のことを知りたいと、過去をほじくり返しにやってきたから、不愉快でしたよね」

「そんなんじゃない。まったく、あなたって子は、どこまでも癇《かん》に障《さわ》る娘なの」

「……はい？」

「ほんとうに腹が立つ、苦労知らずのお嬢様が。金持ちに拾われて、なに不自由なく育ててもらったですって？　もし村がなくならなかったら、こんな山中で、わたしみたいに暮らしていたかもしれないですって？　それもよかったかもしれないですって？」

ふざけないで、とふみえは低く唸《うな》る。

「山の生活の苦しさも知らない、貧乏を知りもしない小娘が、よく言うわ。運よく、そんなふうにきれいに生まれついて、生きる苦しみなど知らずに育ったくせに。そんな生白い細い手で、山のなかの厳しい暮らしが送れるつもりなの。真冬には冷たい水にさらされ、養蚕や田畑の仕事に追い立てられ、舅姑たちの世話に駆けずり回った苦労がわかるの」

お前など、消えてしまえ、消えてしまえ、消えてしまえ。

矢継ぎ早に繰り返し、ふみえは、あづみのもとへさらに詰め寄ってきた。

「小出村のことを調べている人間がいると聞いて、そいつが小出村の出身らしいと聞いて、息子を使って呼び寄せたわ。当時のことを覚えているのならば、殺さなければならないと思ったから。小出村の生き残りなど、ひとりもいてほしくないと思ったから。ただ、お前は昔の記憶がまるでないというから、生かしてやってもよいかとも思ったけど、やっぱりだめ。お前が生きているかぎり、わたしの心はやすまらない。お前は、やっぱり、消さなければならない！」

眼前にまで迫ってきたふみえから離れたくて、相手を振り切りたくて、あづみは後ずさりを繰り返した。そうするうちに、気づいたときには、集落の隅のほうにまで追いやられていた。足もとに目をやると、すぐそばが崖になっていることに気づいた。

あと数歩で足場がなくなることも。

だが、さらに一歩、ふみえが近づいてくる。背後から陽光を浴びたふみえの体は、輪郭が赤く染まっているかに見えた。その姿は、ときどき見る夢を彷彿《ほうふつ》とさせる。幼いあづみが、赤いたてがみの馬に追い詰められる夢だ。逃げ場が見つからず、踏みつけられ、蹂躙されそうになる、あの夢だ。

「やめてください、ふみえさん！」

夢のなかの五、六歳の頃の自分と、いまの自分とが重なり、あづみは叫んでいた。

「お願いです、やめてください」

「黙れっ、お前は消えるべきだ。小出村の人間は、ひとり残らず消えるべきなんだ」

「ふみえさんも、小出村の人間でしょう？」

「違う」

ふみえは、言い切った。

「小出村の人間で生き残っているのは、お前だけだ。だから、お前だけを消せばいい！」

――どういうことなのだ。

あづみが問い返す間もなく、ふみえの両手が伸びてきて、あづみの両肩を力いっぱい押してきた。あづみはよろめく。さらにもうひと突き、ふた突きと、肩を押される。

さらには腰に手が伸びてきて、衣服ごと両手で摑まれる。相手の力はおもいのほか強く、ふりほどくことができない。

直後、足元が浮く感触があった。あづみの体は、ふみえによって押し上げられていた。

「全部、お前が悪いんだから」

ふみえの口調が、暗く、どす黒いものに染まっていく。

「お前が悪いんだ。お前さえ来なければ、わたしたちの平和な暮らしはつづいたのに。なにもかも隠し通していけたのに」

あづみの目には、赤い陽光をまとったふみえが、ときおり夢のなかで見る赤いたてがみの馬と重なった。十年前のあのとき、あづみは赤いたてがみの馬に踏み殺されそうになった。いまは赤い陽光をまとった女に、崖下へ落とされそうになっている。

「助けて」

おもわず、あづみは助けを求めていた。

誰に助けを求めたのか。

十年前、赤い馬に取り囲まれたあづみを救い出してくれたのは、渋沢敬三の手だった。

だが、あづみはいま違う人物の名を呼んでいた。

「助けて、林さん！」

「あづみちゃん！」

赤い馬が這った、十年前のあの日、あづみを救った白い手と同じく、あづみの目の前にあらわれたのは、やはり力強い救いの手だ。

「あづみちゃん、こっちだ！」

あづみは、差し伸べられた腕に力いっぱい摑まった。

断崖の縁《ふち》に追い詰められ、あと一歩で谷底へ突き落とされそうになっていたあづみを、横合いから手を伸ばしてすくい上げたのは常彦だった。

「走れ！」

あづみの手を摑んだまま、常彦は走り出す。一度だけよろめいたあづみもまた、すぐに体勢を立て直し、懸命に走った。

朱色に染まった雑草生い茂る、焼け焦げた残骸だけが残る滅びた村を、あづみと常彦は突っ切っていった。

——十年前の、あのときと同じだ。

あづみは思った。赤い炎のなかを、救いの手に引かれながら逃げ惑う。あのときと同じだ。

けれど、今度こそだめかもしれないと、心が折れかける。

ふみえが真っ向から向けてきた敵意や憎悪は、あづみが思っている以上に、心の傷を深く抉《えぐ》っていた。

先刻《せんこく》までひたすらのぼってきた坂道にさしかかったとき、背後で自動車を発進させるエンジン音が響いた。つづいて、けたたましいクラクション音が耳をつく。

坂道をくだりながら、あづみと常彦は背後を顧《かえり》みた。

鮮烈なヘッドライトの明かりが目を貫く。村の入り口に停めておいた車に乗り込んだふみえが、エンジンをふかし、あづみたち目がけて発進させていた。いっきに速度を上げて迫ってくる。あづみたちを轢《ひ》き殺すつもりでなければ、出せない速度だった。

息苦しさと胸の痛みをおぼえながら、あづみはついに諦めの声をあげる。

「林さん、手を離して。あの人が殺したいのは、わたしだけですから。わたしのことはいいですから。わたしのせいで、迷惑ばかりかけてごめんなさい」

「そんなことできるものか」

いまだあづみの手を握りつづける常彦は、こちらも苦しげな息をあげながら、叫んでいた。

「きみを置いて逃げられるわけないじゃないか」

あづみが常彦の手を振り払おうとしても、腕を摑む常彦の力は、もっとつよくなる。

背後からは、車のタイヤが砂利道をひっかく音が猛然と迫ってきていた。

ふたたび振り返ってみると、ふみえの運転する車が、ふたりもろともに弾《はじ》き飛ばす勢いで突っ込んでくるのがわかった。急カーブを曲がり、いったん車の姿は見えなくなったが、それでも激しいエンジン音はしだいに大きくなって迫ってくる。

「ここまで、かな」

息苦しさのなかで、あづみは覚悟した。人の足で、車から逃げられるわけがない。このまま轢き殺されるのだ。だからこそ、常彦だけは巻き込むわけにはいかないと思った。

常彦には郷里に家族がいる。ここまで一緒に来てくれたのも、あづみを守ろうとしてくれているのも、渋沢敬三に頼まれたからだ。なにより、将来を嘱望《しょくぼう》された研究者なのだ。自分などが助かるよりも、よほど世のためになるはずだ。

わずかの間にそんなことを考えると、あづみはふいに足を止めた。いきおいをつけて下り坂を走っていたせいもあり、立ち止まった拍子《ひょうし》に、あづみの腕を摑んでいた常彦の手がはずれる。

「林さん、お願いです、逃げてください。わたしのことはもういいから」

「ばかを言うな！」

惰性《だせい》で数歩先まで走ってしまった常彦だが、すぐさま立ち止まり、振り返るなり怒《ど》鳴《な》り声をあげる。

おもわず、あづみが硬直《こうちょく》してしまうほどの剣幕《けんまく》だった。

「こんなところで諦めるな。なぜ、無茶を押し通して、小出村のことを調べに来た。きみの生き方を見つけるためじゃないのか。それなのに、生きることを、簡単に諦めるのか」

そんなことは、ぼくは許さないぞ。

叫びながら、常彦が猛然と引き返してくる。背後からはエンジン音が迫ってきていた。だが、つぎの瞬間、常彦はためらわずに、あづみの体を抱きしめていた。

「林さん？」

「いいかい、ここから一緒に飛ぶよ」

あづみは足元を見た。真下は崖だった。生い茂った木々の葉のせいで、崖の底は見えなかったが、相当に深そうだ。

「本当に、ここから？」と、あづみは息をのむ。

「しっかり、ぼくに摑まって。勇気を持って」

常彦は言いながら、あづみの体をよりいっそう力づよく抱きしめた。あづみもまた、その力強さに後押しされ、勇気をふりしぼった。常彦の体に摑まると、そのまま防護柵のない道端へもろともに身を投げた。

身がすくむほどの浮遊感をおぼえたのは、ほんのひとときだけだった。身を投げた直後、あづみと常彦は、崖の側面に突き出ていた大木の根っこに着地し、谷底への落下を免れた。

ほっと息をついたのも束《つか》の間《ま》、あづみたちの目の前を、黒い塊《かたまり》がものすごい勢いで谷底へと落ちていった。黒い塊が何であったのか。よくわからぬうちに、足もとから耳をつんざくほどの衝撃音《しょうげきおん》があがる。

ふみえの運転していた車が、曲がりくねった細い山道を曲がり切れず、谷底へ落ちていったのだとわかったときに、いまさらながら体の芯から震えがきた。

「もう大丈夫だよ」

大木の根に身を預けた常彦は、あづみの震える体を、さらに力いっぱい抱きしめてくれた。

「きみのせいじゃない。ぼくのせいでもない。ただの事故だ。だから、もう大丈夫。なにも気にすることはないよ」

あづみは常彦の腰に手をまわし、自らも相手の体に抱きついた。涙があふれてくるのは、恐怖なのか安堵なのか、わからないが、つぎつぎと大粒《おおつぶ》の涙がこぼれるのをとめられなかった。

「林さん……わたし」

「大丈夫、大丈夫だ」

常彦の声が優しかった。体のぬくもりが心地よかった。ついで、疲れと緊張から解き放たれたせいか、ひどい眠気に襲われた。いや、安心して気を失いかけたのかもしれなかった。

ともあれ、あづみは全身を、常彦の体に預けた。

「あづみちゃん？」

相手の全体重を受け止めた常彦は、あわてて、あづみの頬《ほお》をかるく叩きはじめる。

「寝たらだめだ、起きていなければ」

常彦のぬくもりに包まれ、朦朧《もうろう》としながらもあづみは問い返した。

「どうして、ですか？」

「気を失ったら、眠ってしまったら、きっときみは夢を見る」

「……かもしれませんね」

「夢を見たら、きみは恐ろしい思いをするかもしれない」

「大丈夫ですよ、きっと」

「あづみちゃん」

「林さんがそばにいてくれれば、きっと、わたしは大丈夫。なにがあっても、もう生きることを、簡単に諦めたりはしませんから」

言って、あづみは、常彦の胸に頬を預けた。

背中に常彦の手がまわってくる。子どもをあやすように、やさしく背中を叩いてくれる。

あづみは、夢のなかでなにを見たとしても、常彦がいれば乗り切れると思った。

＊

冬治《とうじ》は、篩《ふるい》売りだった。

碓氷峠の近くにある山村で小さな田畑を耕しながら、それだけでは食べていけず、山仕事もしつつ、農閑期に篩や笊《ざる》を作って売り歩くのである。

山深い場所というのは、ただでさえ人が暮らしていくのに困難な場所であるのに、封建制度に支配されていた昔から、重い税が課せられることが多かったという。なかには、家の窓の数ごとに税をかけられ、妻を持つにも税をかけられ、税を払えなければ娘を奉公に出す家さえもあった。税が重かったということは、一帯を支配していた権力者たちもまた、貧しかったということなのだろう。

石高が土地の豊かさを決める社会のなかで、稲作をするための広い土地を持てず、恵みの海からもあまりにも遠い場所にあり、貧窮は慢性化していたのだ。

碓氷峠を中心とし、近隣の山奥に暮らす人たちもまた、おおむねそういった貧しい暮らしを送っていた。いや、封建時代から、明治、大正、昭和と時代はうつろったが、いまでもさほど変わりはないかもしれない。蓑《みの》や簓や笊などを売って暮らしを立てている人たちは、いまも当たり前のごとく存在していた。日本という国のなかで、ほんのひと握りの地域の、急激な経済成長のまばゆい光に遮られ、陰となる人々の姿は、さらなる暗い闇に紛れて見えなくなっている。

冬治もまた、時代に取り残された簓売りのひとりだった。

碓氷峠から長野県側にある、とある山間に、冬治が暮らす村はあった。家は、急峻な崖に貼りついたように建っており、狭小な田畑を耕し、わずかな穀物を育てて暮らしていた。その合間に、山仕事で刈ってきた茅や藁《わら》を使い、笊や簓をこしらえては近隣各地へ売り歩く。

なかでも群馬県と長野県の境にある小出村は、上得意先であった。

小出村は、交通の要所であり、かつ交易も盛んなところであったから、人通りが多く、人が多ければ、品物もよく売れる。

冬治は、ふみえという幼い子どもを連れて、よく小出村を訪ねた。

数年前に妻を亡くして、冬治は、男手ひとつで娘を育てていた。ただ、愚直な簓作りの男では手がまわらず、ふみえは、いつも同じ浴衣の着た切り雀《すずめ》だった。髪の毛も伸び放題、風呂に入れてもらっているのかもあやしく、薄汚れた子どもだった。麓にある学校に行く手続きも滞っていて、ふみえは年の割に語る言葉も要領を得なかった。

それでも、冬治は懸命に小さな田畑を耕し、山仕事をつづけ、ほうぼうへ篩を売り歩いて、どうにかして娘を学校にやる金を作り出そうとした。あまりにも熱心に働くので、得意先の小出村でも、冬治の名は村人の口にのぼるようになった。

小出村で顔がききはじめてから、五年の月日が経つ頃になると、娘のふみえは姿を見せなくなった。娘はどうしたと小出村の者が尋ねると、「いまは麓の学校に通っている」と冬治は得意げにこたえる。

「そうかい。麓の学校とは、ずいぶんと気張ったものだな」

「母ちゃんがいなくて苦労させたからな、せめて好きなだけ勉強をさせてやろうと思って。これからは、学がなくっちゃならねぇからな」

ただし、ふみえを学校に通わせつづけるのには、ますます懸命に働き、たくさんの篩を売っていかなくてはならない。冬治が奮起した直後だった。時代の変化は、山深い村にまで侵食してきた。

都会の工場で作られた安くて便利な道具が、発達した交通網を辿って、ちらほらと山の集落のなかにも入ってきはじめた。金属やプラスチック製の農業用具なども、そうだった。

冬治らが作った笊や篩は、それらの道具に押され、すこしずつ買い手がつかなくなりはじめた。持って行けば必ず買ってくれていた小出村の商店の人間も、「もう売れないから」と、買い取りを二度に一度くらいの頻度にしはじめる。

それでも、数年のあいだは、少なからず買い手がついて暮らしていけたのだが。

ある日、冬治が小出村に持って行った篩や笊といった農業道具が、ひとつも売れないことがあった。

最後の頼みの綱として、一番の取引先であった「田中商店」に出向き、孫にものを買ってやりたい、初孫に祖父らしいことをしてやりたいから、どうか笊や篩を買ってくれと、土下座《どげざ》して頼み込む。

ところが数年前に代替わりしたばかりの田中商店の若当主は、冬治の頼みにいい顔をしなかった。

「申し訳ないが、冬治さん」

「若旦那《だんな》、お願いします。この通りだ。わしは、この篩を懸命に売って、娘を学校へやった。おかげで娘は、麓の豪農の家に嫁ぐことができた。出来のいい孫もいる。これで最後だ。おれは山をおりて引退するから、最後のわがままを聞いておくんなさい」

「悪いがな……」と、若当主は、弱々しくつぶやく。

「じつを言うと、親父《おやじ》の代のころから、冬治さんの道具はろくに売れていなかったんだ。だが、親父は、冬治さんを助けたいってことで、売れないものを高値で仕入れていたんだよ。厳しい山のなかで暮らす者どうし、助け合わないといけないってね。だけど……もう時代が違うのじゃないかな。親父も隠居した。わたしも家族を養わないといけない、商売をつづけなければいけない。売れないものを仕入れる余裕が、なくなってきているんだよ。わかってくれないか」

「売れない……もの？」

「そうだよ。都会から入ってくる道具は、安いうえに、長持ちする。そんなものがあるのに、昔ながらの道具を誰が買ってくれるっていうんだい」

だから、取引はもう打ち止めにさせておくれ――と、若当主は、冬治を店から追い出した。

先代、先々代――いや、もっと前からかもしれない。厳しい山間に住む者どうし、連綿と受け継がれていた互助の関係が、ここで断ち切られた。

あまりにも、あっけないことだった。

小出村のなかで立ちすくんだ冬治は、ぽつりとつぶやく。

「赤馬を這わせてやる」

冬治は報復することを決めた。いや、山のなかで生き抜いてきた男にとっては、報復はあまりに当然のことだった。

なぜなら、山のなかに暮らす人々は、昔から、お互いに助け合うのを暗黙の了解としてきたのだから。助け合わないと生きていけなかったのだから。決まりを破った者は、罰を受けるのが必然であったのだから。

もちろん法があるわけではない。ただ、厳しい環境で生きる者どうしが、お互いを助け合うために、代々交わしていた不文律の約束事だった。誰しもが、知っているはずのことだった。

だが、時代が変わってしまった。あまりにも急激な変化だった。だから、その決まりごとを、きちんと伝え、かつ覚えている者もまばらになってしまっていた。都会と地方の格差ができたのとおなじく、山のなかで生きる者どうしのなかにも、格差が生まれていた。

その格差のなかで、取り残されてしまった者はどうするのか。

時代とともに変わってしまったほうを怨《うら》むだけだ。

冬治のなかで、世のことわりは昔と変わっていない。取引相手が自分の篩を買うのは当たり前であり、義務なのである。交易は山に暮らす者どうしの救済事業なのだ。ずっとずっと、そうしてきたのだ。お互いにそうやって助け合って生きてきたのだから。

自分を先に裏切ったのは、相手なのだ。

自分は悪くない。悪いのは、変わってしまった人間たちのほうなのだ。

「あいつらは、罰を受けるべきだ」

夕暮れ時。逢魔《おうま》が時《とき》。

村の片隅《かたすみ》で、立ちつくしていた冬治は、自分の足もとに伸びる黒い影を見つめていた。

目の前を、赤い着物をまとった幼い娘が通りかかる。その少女には見覚えがあった。それは、さきほど冬治を追い返した、田中商店の若当主の娘だった。

このとき、冬治の心に魔が差した。

「お嬢ちゃん」

冬治は少女を呼び寄せた。

赤い着物の少女は、「はい？」と返事をし、冬治のもとへ駆け寄ってくる。間近で見ると、少女の美しさに目をうばわれた。まだ五、六歳だろうか。冬山のごとく肌《はだ》が真っ白で、目が大きく、彫《ほ》りの深いおもだちをした、じつにかわいらしい娘だった。身に着けているものも上等で、大事に育てられていることがよくわかった。

美しい少女に見惚れながらも、冬治は自分の娘と少女とを思い比べていた。

娘のふみえが、目の前の少女とおなじくらいの年のとき、ふみえは母親を亡くし、自分が至《いた》らないせいで、きれいな恰好をさせてやることもできず、垢抜けない子どもだった。麓の学校に通い、麓の男と知り合い結婚し、外見だけは取り繕ったが、育ちの貧しさは、いまもふみえを傷つけている。麓の同世代の女たちが当たり前にやっている振る舞いが、自分には当たり前にできず、帰省のたびに泣いている。

そんな娘が、冬治には哀れだった。

そして、哀れだからといって、娘になにもしてやれない無骨な自分が、また許せなかった。

だからこそ余計に、目の前の苦労を知らなそうな美しい少女が、急激に憎らしくてならなくなった。

心の底に渦巻く黒い感情を覆い隠すため、にこりと笑みを浮かべた冬治は、自ら相手の近くへ歩み寄っていく。

「きみ、田中商店の子だなぁ」

「あい、そうです」

「おじちゃんのこと知ってるかい？」

「笊とか篩を売りにくるおじちゃんですね」

「そうだよ。きみのお父さんには、いつもお世話になっている。だからお礼をしたいのだけど、これをあげよう」

「なんですか？　これ」

冬治が少女に手渡したのは、ブヨイブシという虫除《むしよ》け具だった。竹筒などのなかに蓬《よもぎ》の葉を詰め、葉を燻《いぶ》すことによって出る煙で、虫が寄ってこないようにする。夏の夜や、農作業のときなどに欠かせないものだった。

「よその村でたくさん売れ残ってしまってね。この村でも売ろうと思ったのだけど、せっかくだから小出村の皆さんには、各家に配ろうかと思ってね。そうだ。せっかくだから、もっとよく効く薬草を入れておいてやろう。夜に虫が出ると寝苦しいだろう。ぜひ夜に火をつけて寝てみてくれ」

「いいの？　ありがとう、おじちゃん」

「いいってことだよ。小出村のみんなには、いつもよくしてもらっているからね」

「あたしが、みんなの家に配ろうか？」

「そうしてもらえるかい？」

　冬治が手を加えたブヨイブシを抱え、少女は走り去っていく。それを見送った冬治は、小出村から姿を消して、二度とあらわれることはなかった。

　そして——その日の晩、小出村は、焼失したのだ。

　各家にいきわたったブヨイブシは火をつけると、中身が爆発《ばくはつ》した。竹筒に入っていたのは蓬の葉だけではなかったのだ。一緒に、火薬が詰め込まれていた。火をつけたところ、はじめは蓬の葉が燻されただけだったが、しばらくして竹筒はつぎつぎと爆発し、家屋のあちこちに飛び火し、また村中の草木や藁に燃え移り、さらに吹き付けてきた強風にあおられて、村中に炎が燃え広がった。

爆発音に驚いておもてへ出た幼い少女は、赤い炎が村中を蹂躙しはじめるのを目の当たりにした。生き物のごとく村中を這いまわり、家や人々を取り囲む炎は、まるで赤い馬のようだった。

赤いたてがみをした馬が暴《あば》れまわる。「赤馬を這わせる」とは、「付け火をする」ことだった。

「赤馬が這うぞ！」

あちこちから悲鳴がこだまする。

「誰がこんなことを」

「赤馬を這わせたのは、いったい誰だっ」

誰だ、誰なのだ。火をつけたのは、誰だ。

少女は、村のなかで荒れ狂う赤い炎の渦を、呆然《ぼうぜん》と見つめることしかできない。やがて火の手はさらに大きくなり、少女の体もあぶられ、あまりの熱さに、赤い炎から逃げるべく駆け出していた。

だが、炎のいきおいはすさまじく、子どもの足では、すぐに追いつかれた。

「赤い馬が」

息も絶え絶えに、少女は悲鳴をあげていた。

「赤い馬が襲ってくる」

小出村の家々は、小出村の人々は、炎の渦に包まれ、焼けて、なくなった。たったひとり、白い手に救われた、少女のほかは。

＊

夢を見ていた。

夢だが、これは現実に違いないと、あづみは思っていた。

いましがた見た赤馬が這う夢は、幼い頃に自分が体験した真実なのだと。自分が生まれ育った村を消失させたのは、自分自身なのだと。確信してしまった。

あれが真実だからこそ、東京から碓氷峠近隣の山村の調査旅行にやってきていて、たまたま事件の場に居合わせた渋沢敬三も、あづみに過去のことを語りたがらなかったのだろう。

六歳のあづみは、大火事に巻き込まれた衝撃で、また自分のしでかしてしまった過ちに打ちのめされて、記憶のほとんどを失っていた。そのほうがかえってよいだろうと、治療《ちりょう》にあたった医師たちも、あづみをあまり刺激《しげき》したりはしなかった。生まれ故郷を失った少女を引き取った敬三もまた、なにも経緯を語ることはなかった。

「なにも知らずともいい。恐ろしいことは、忘れてしまったほうがいい」

だが、敬三は、どこかでわかっていただろうか。

予想していただろうか。

自らが連れてきた少女が、将来、敬三と同じく民俗学を志すことを。もし、そうなることがあれば、いつかは研究や調査のなかで、自分の生い立ちを知ろうとするだろう、と。

民俗学を志《こころざ》すことがあれば、どんなにつらくとも、自分の生い立ちを知らなくてはならない。

自らに与えられた環境のなかで、人が、いかによりよく生きていくか。いかに生き方を選び取っていくか。

民俗学、生活史を追究していくということは、そういうことなのだから。

「だが、いつか自分の生まれのことを知ってしまったとき、この子は、その境遇に堪えられるだろうか」

敬三の心配は募った。

だが、敬三には、あづみの生き方を見届ける時間の余裕も、あづみのために割《さ》ける時間も、あまりない。

だからこそ、あづみには、自らの才能を磨き、自らの足で立って生きていける強さを、身に着けてほしいと願いつづけた。

「自暴自棄《じぼうじき》になってはいけないよ。生きて、頑張って学んで、きみができることをするといい。きみが生まれてきた理由は、必ずどこかにあるのだからね」

幼い頃、自分がどこから来たのかもわからず、家族がいない寂しさに泣くあづみを、敬三はいつもそうやって励《はげ》ましてくれていた。


山中に取り残されていたあいだ見ていた夢を、あづみは、となりの席に座る常彦に語ってきかせていた。

あづみと常彦のふたりは、小出村跡があった山中から救出され、いまは下仁田町から、車で東京に戻っているところだった。

その前に、念のため町立病院で怪我《けが》の治療を受け、地元警察による簡単な聴取が行われた。それらがすべてすんだあとに、敬三の手配で東京からやってきていた車に乗り込み、ふたりはゆっくりと帰途についている。

「たいへんな調査旅行だったたね」

「ほんとうに」

旧小出村近くの山中、崖から落ちかけたあづみと常彦が、捜索隊に助け出されたのは、翌朝のことだった。ひと晩経っても自宅に戻らない母親たちを心配し、金井ふみえの息子である洋平が、捜索を依頼してくれたのだ。

車ごと崖下に転落したふみえは、かろうじて生きていた。山道から脱落した車は、あづみたち同様に崖の側面から飛び出していた木の根や幹にひっかかり、谷底への転落を免れた。ふみえは大怪我をしていたが、命にかかわることはないといった診立《みた》てだという。

「小出村の跡地を見たあと、来たときと同じ山道を戻ろうとしたんです。同行者が、東京へ帰る列車の最終便に乗り遅れてしまうからと、わたしを急《せ》かしてきたので、つい慌ててしまい、スピードを出し過ぎてしまったのかもしれません。それで、曲がり角を曲がりきれませんでした」

衰弱していたが、意識が戻った金井ふみえは、取り調べに対しこたえたそうだ。

小出村跡地を見学した帰り道に、ふみえが車の操作《そうさ》を誤って崖へ転落し、あづみたちは開いたドアからほうりだされ、ふみえは車ごと落下してしまった、ということになりそうだった。

あづみも常彦も、ほんとうのことを話す気にはなれなかった。

すべて、赤馬が這った村で見た、幻《まぼろし》だと思いたかった。

金井ふみえにも二度と会いたくはなかったし、向こうも、望まないだろう。

ふみえの罪をあばくことで、幼いときのあづみの罪もまた蒸し返されてしまうかもしれない。なによりも、それぞれの罪には、なにも確証がない。真実がわかったところで、誰も幸せにはならない。誰も生きては還《かえ》らない。お互いに二度と会わぬほうがよいのだと思った。

「たぶん、あの人は……」

夢の話をしたあと、しばらく黙り込んでいたあづみは、ぽつりとつぶやいた。

「ふみえさんは、小出村の出身ではなかったのでしょうね」

ふみえが下仁田町の男のもとへ嫁いだあと、おなじく小出村から呼び寄せたという父親もまた、そうなのだろう。

「ほんとうは、どのあたりの村の出だったのか。わからないけど、麓の学校に通っていたときの同級生たちにも、夫となった男の人にも、息子さんにも、知られたくない暮らしを送っていたのかもしれない」

ふみえと父親は、小出村の人間ではなかったが、小出村のことをよく知っていて、村のことを聞かれれば、だいたいのことはこたえられる人間だった。つまりは、小出村に頻繁に出入りしていた人間だったということだ。

もしも、あづみの見た夢が真実なのだとしたら、ふみえは、いまは亡き父親が犯した罪を、一生かけて隠し通すつもりだったのだろう。

それなのに、村がなくなって十年が経ったある日、東京から「小出村のことを調べている」との連絡が来て、ついで「小出村の出身」だという十六歳の少女が目の前にあらわれた。ふみえは、どれほどの恐怖をおぼえただろうか。

金井ふみえは――自らを小出村の生まれだと称し、偽りの身の上を貫いてきた女は、父の罪と己の嘘《うそ》が暴かれることを、なによりも恐れていたはずなのだから。

同時に、いまは亡き父親を怨んだかもしれない。

父親は、死ぬ間際に恐ろしい告白をして逝《い》った。「おれは、小出村の幼い娘に付け火をさせた」という告白を。

「どうして、死ぬ間際で、わたしにそんなことを言ったのよ、父さん」

己の人生を偽り、若い頃の苦労を克服《こくふく》し、やっと豪農の妻という安定した暮らしを得られたというのに。

「そんな話、聞きたくなかった」

渇望《かつぼう》し、苦労して手に入れたいまの暮らしを、どんな手を使ってでも失いたくはなかっただろう。

いまの暮らしをおびやかすものは、この世から消してしまいたかったろう。

父親が付け火をさせたという、幼い娘の名前は聞いていなかった。

田中あづみと名乗る十六歳の少女とは、別人かもしれない。

だが、ふみえは、あづみという存在が、この世のなによりも恐ろしかった。

西洋人形めいた美しい少女が、自分と、自分の亡き父親に罰を与えに来た、小出村の人間の亡霊ではないかとすら思った。

同時に、少女にはげしく嫉妬《しっと》した。

学生の頃、幼い頃に身についた振る舞いによって、同級生たちにたびたび蔑《さげす》まれてきた。目の前の少女のように、育ちがよく、美しく、頭もよければ、自分は蔑まれずにすんだのだろうか。もっといい暮らしができたのだろうか。

ふみえにとってあづみは、平穏な暮らしの破壊者であり、己の劣等感を呼び起こす悪魔にしか思えなかった。

だからこそ、息子を使ってあづみを下仁田町まで呼び寄せ、小出村を案内するふりをして、殺してしまおうと思ったのかもしれない。

すべては、あづみの憶測に過ぎないのではあるが。

——だとしたら、人間とは、どこまで業《ごう》が深いのだろう。

「そういうことも、あるかもしれないね」

あづみの話を聞き終わり、まるで自分に言い聞かせるように、常彦は、しみじみと語った。

「山での厳しい暮らしを送った人たちが、すべて、ふみえさんのようになってしまうわけではない。だが、ふみえさんを形作ったのは、間違いなく容赦《ようしゃ》のない山の厳しい暮らしだ。赤馬を這わせるという行いも、山で暮らす人々の貧しさから生まれたことだろう。ぼくらは、この現実をどれだけ世に知らせることができるだろうか。持てる者と持たざる者との格差を、どれだけなくしていけるだろうか」

　混乱した思考をまとめるとき、常彦はよくひとりごとを口にする。あくまで独白であり、考えを、他人に押し付けるつもりはないのだろう。だが、そのつぶやきをかたわらで聞いていると、あづみは不思議と心が落ち着いた。「この人と一緒に、研究や調査をしていけばよいのだ」と、迷わず思うことができた。

　この二日間で起こったできごとで、ささくれだっていた心が落ち着いてくると、薄暗い車内のなかで、あづみはふたたびまどろみはじめた。

「眠いのかい？」

「はい、すこし」

「東京までだいぶかかる。疲れただろう、眠っておくといいよ」

「山のなかでは寝るなと言いましたね」

「あのときは……大変なときだったし。あづみちゃんが、いやな夢を見るかもしれないと思ったから」

「いまは、いやな夢は見ないと思いますか？」

　後部座席のシートに深く体を沈み込ませたあづみは、目を閉じながら問いかけた。

「どうだろうね」と、常彦の落ち着いた声が返ってくる。

「自分の過去をすべて知ったあづみちゃんが、すべてをのみ込んで、もう大丈夫だと思えるのなら、いやな夢は見ないかもしれない」

「なら大丈夫。もし見ても、林さんがいますから」

閉じていた目をいったん開けると、となりで、常彦が優しげな笑みを浮かべているのがわかる。それを見て、ますます安心して、あづみはまた瞼《まぶた》を閉じた。

「もし、うなされていたら起こしてくださいね」

「わかった、ゆっくりおやすみ。また明日から忙しいよ」

「わたしは学校へ行かないと。予定より長く休んでしまったから、きっと担任の先生が怒り狂っています」

「あはは、そうかもしれない。ぼくは書いている途中の論文を仕上げなければ。寄稿できないと、来月の収入が減ってしまう」

「お互い大変ですね」

「ほんとうに」

くすり、と笑って、ふたりは押し黙った。

静まり返った車内では、常彦がふたたび、ぶつぶつとひとりごとをはじめる。

それを聞きながら、あづみの意識は、心地よいまどろみに落ちて行った。

本作品は書き下ろしです。
またこの物語はフィクションです。実在する人物、団体等とは
一切関係ありません。

中公文庫

屋根裏博物館《アチック・ミューゼアム》の事件簿《じけんぼ》

2020年11月25日　初版発行

著　者　澤《さわ》見《み》彰《あき》

発行者　松田陽三

発行所　中央公論新社

〒100-8152　東京都千代田区大手町1-7-1
電話　販売 03-5299-1730　編集 03-5299-1890
URL http://www.chuko.co.jp/

DTP　ハンズ・ミケ
印　刷　三晃印刷
製　本　小泉製本

Published by CHUOKORON-SHINSHA, INC.
Printed in Japan　ISBN978-4-12-206989-3 C1193

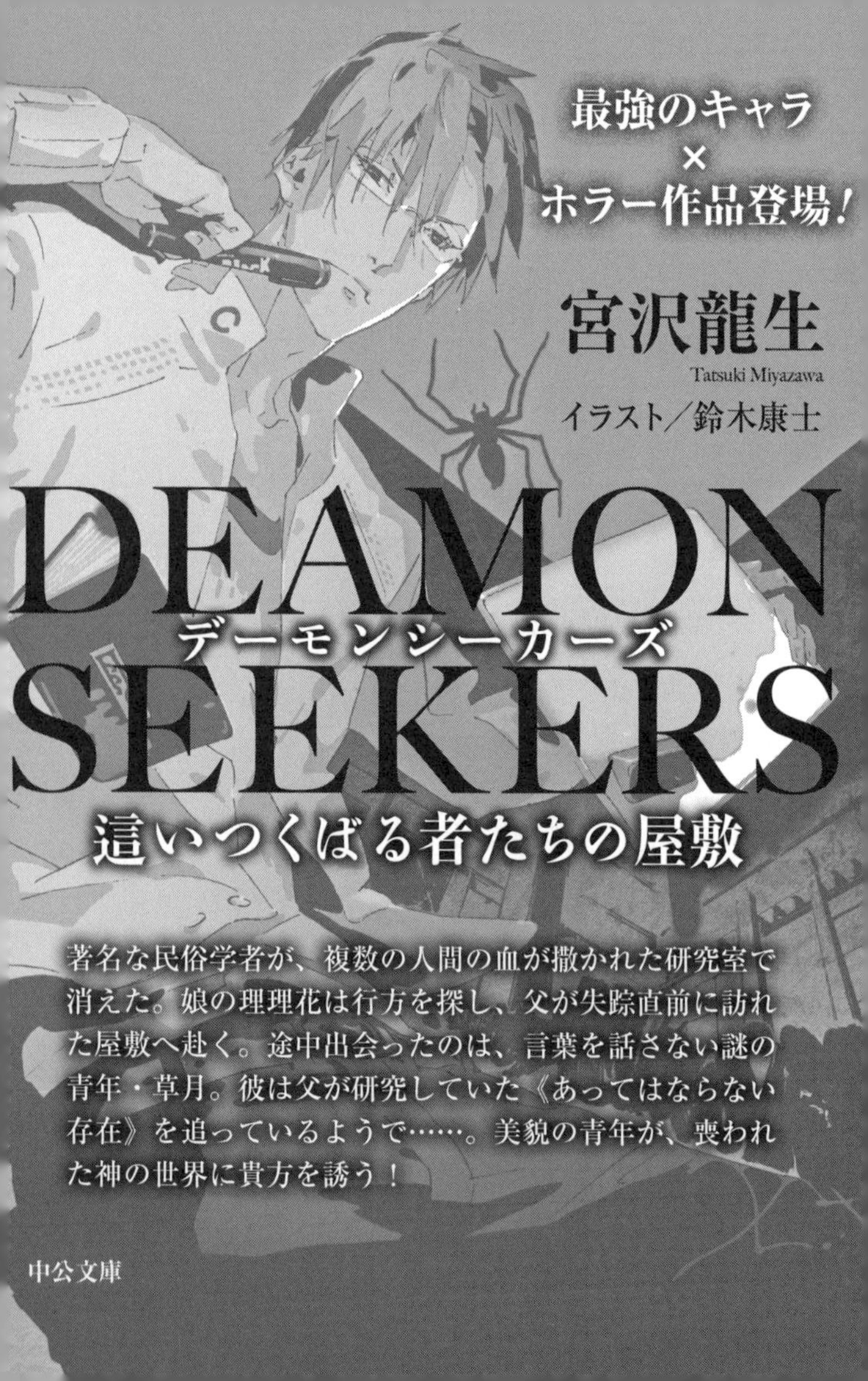
最強のキャラ
×
ホラー作品登場！
宮沢龍生
Tatsuki Miyazawa
イラスト／鈴木康士
DEAMON
デーモンシーカーズ
SEEKERS
這いつくばる者たちの屋敷
著名な民俗学者が、複数の人間の血が撒かれた研究室で消えた。娘の理理花は行方を探し、父が失踪直前に訪れた屋敷へ赴く。途中出会ったのは、言葉を話さない謎の青年・草月。彼は父が研究していた《あってはならない存在》を追っているようで……。美貌の青年が、喪われた神の世界に貴方を誘う！
中公文庫

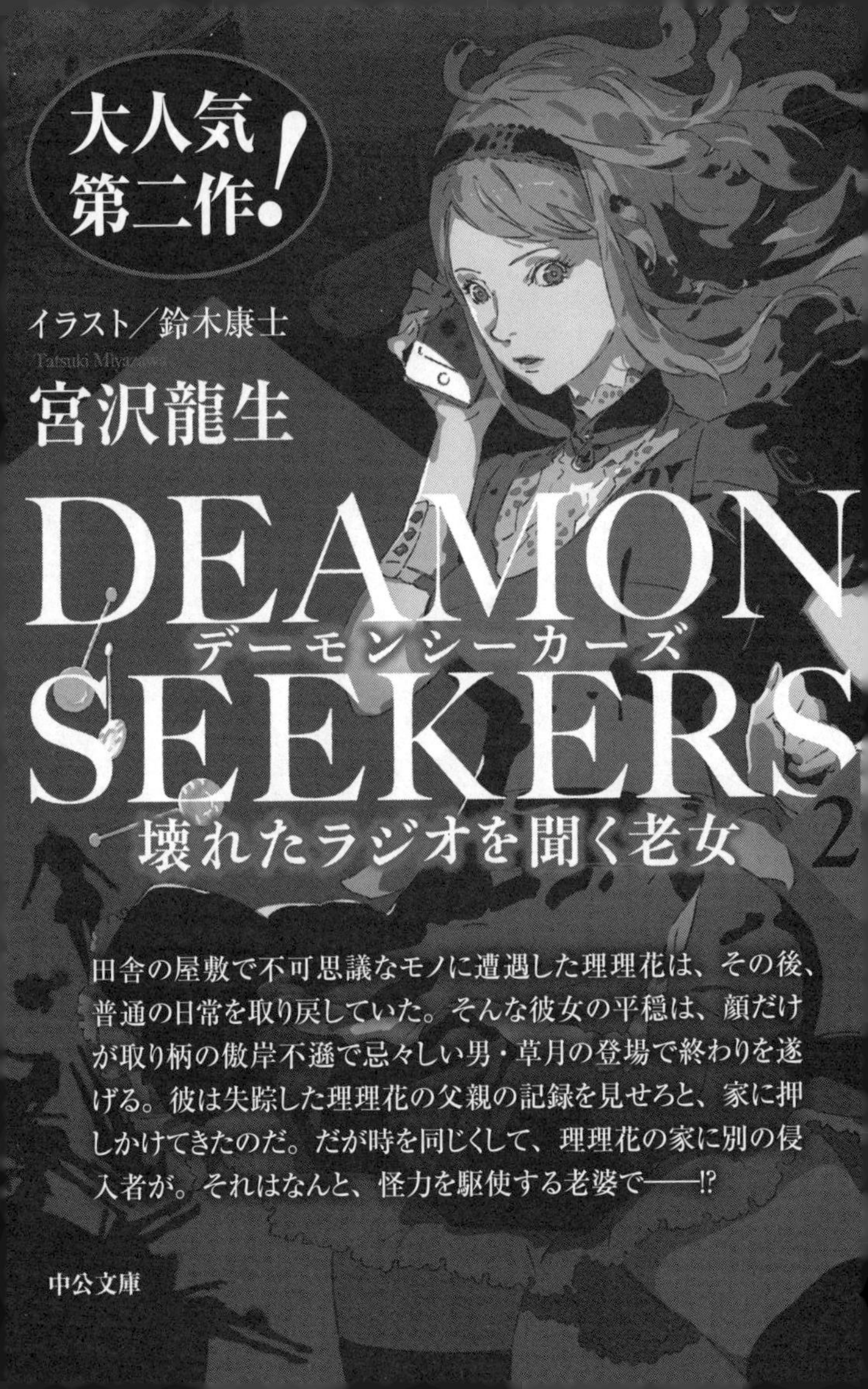

大人気第二作！

イラスト／鈴木康士

Tatsuki Miyazawa

宮沢龍生

DEAMON SEEKERS《デーモンシーカーズ》 2

壊れたラジオを聞く老女

田舎の屋敷で不可思議なモノに遭遇した理理花は、その後、普通の日常を取り戻していた。そんな彼女の平穏は、顔だけが取り柄の傲岸不遜で忌々しい男・草月の登場で終わりを遂げる。彼は失踪した理理花の父親の記録を見せろと、家に押しかけてきたのだ。だが時を同じくして、理理花の家に別の侵入者が。それはなんと、怪力を駆使する老婆で——!?

中公文庫

三津田信三氏推薦‼
「忌まわしい怪異のオンパレード！」

失踪した民俗学者の父を探す舞浜理理花は《公務員》と名乗る謎の組織に狙われる。彼女と目的を同じくする青年・草月も、最近頻発する失踪事件の原因が、理理花の父が記した『異なる色の月に関する伝承』に潜んでいると予想し、書籍の行方を追う。結果、この国に住まう禍々しい神の存在が浮かんできた。対応策はあるのか?

イラスト／鈴木康士

恐怖の体験
続々!!

〈STORY〉
作家の元に集まった五つの幽霊屋敷話。
人物、時代、内容……
バラバラなはずなのに、ある共通点を見つけた時、
ソレは突然、あなたのところへ現れる――。

これまでとは全く異なる
「幽霊屋敷」怪談に、驚愕せよ。

中公文庫
イラスト/谷川千佳

よすが横丁修理店

迷子の持ち主、お探しします

及川早月

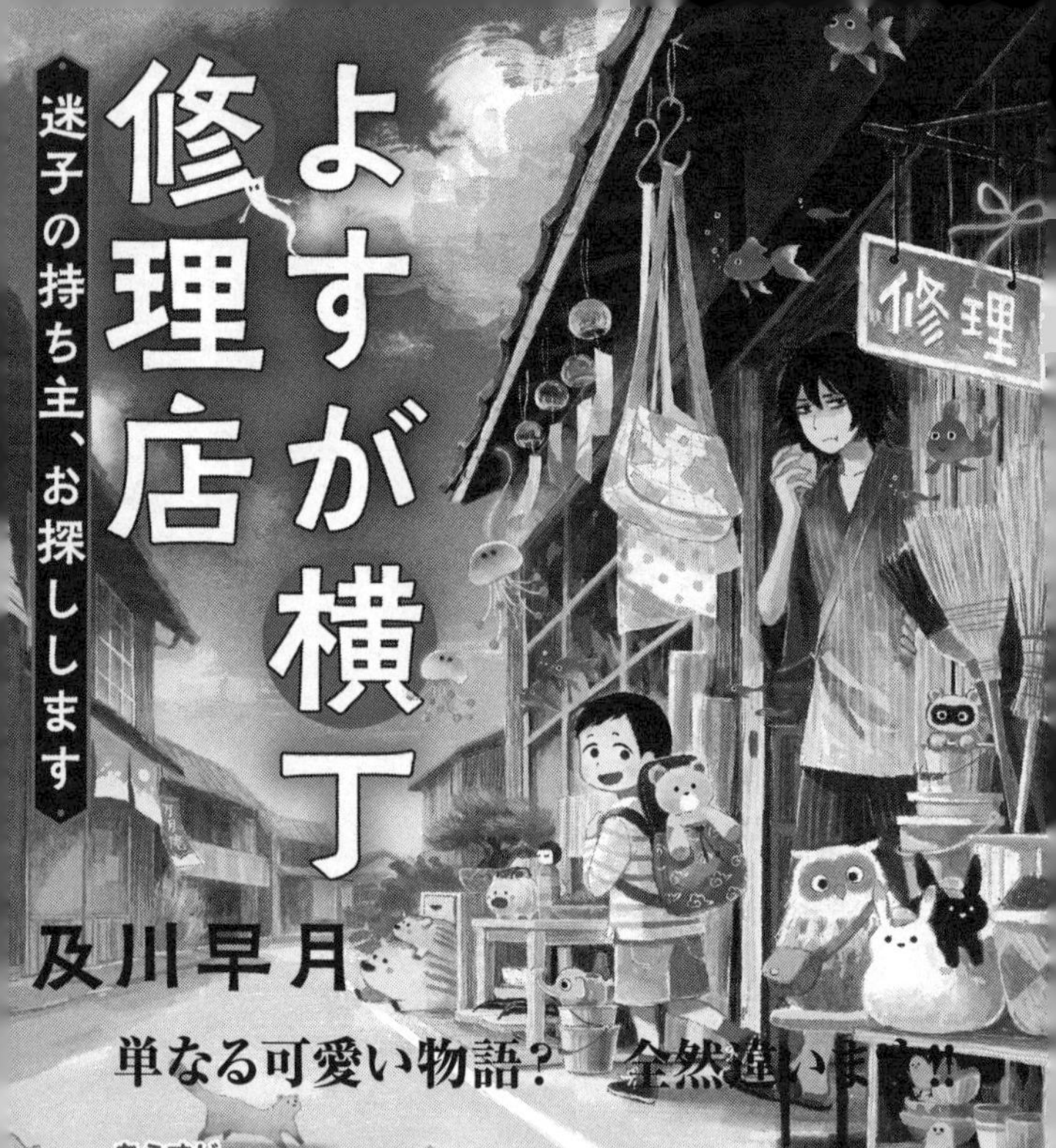

単なる可愛い物語？　全然違います!!

あらすじ

人に大切にされた道具には心が宿り、
人との縁が切れると道具は迷子になる――。

ぼくは、古道具修理店「ゆかりや」で店長代理のエンさん（ちょっと意地悪）と一緒に、人と道具の「縁」を結んだり断ち切ったりしている。でもある日、横丁で不思議な事件が続いたと思ったら、ぼくの体にも異変が起こり始め――？

イラスト／ゆうこ

中公文庫